あかね色の空に夢をみる

吉川　結衣
YOSHIKAWA Yui

文芸社文庫 NEO

目　次

あかね色の空に夢をみる

1

ガタン。

揺れを感じて、僕は目を覚ました。蛍光灯の光が寝起きの目に眩しい。小さな寝息が右隣から聞こえ、少しだけ顔を向けると、宮里《みやざと》ゆずがバスの座席に体を倒してぐっすり眠っていた。

どれだけ熟睡してるんだか。起きる気配はまったくない。僕は少しだけ頬を緩ませた。

彼女が降りる停留所はもうすぐだ。窓の外の見慣れた景色を確認した僕は、現在地を知る。

『バスの特等席は、絶対一番後ろだよ。だって全体が見渡せるし、広いでしょ』

いつだったか、宮里が自慢げにそう言っていたことを思い出す。僕とは違って、宮里は気さくで、黄色い笑顔を持っていて。

僕らは今日も一番後ろの特等席に座って、バスに揺られていた。

『茜《あかね》くんっていうんだね、女の子みたいな名前』

僕と宮里が初めて出会った、暖かい春の日。高校の入学式。隣の席になった彼女は、席に着くなり僕に言った。

「私、宮里ゆず。よろしくね」

名前の通り、黄色い笑顔をした彼女。綺麗な澄んだ声というよりは、甘く幼さの残る声だった。

隣の席の人、以上の関係を持つことはないだろうと油断していた僕は、小さく「よろしく」とだけ返しておいた。今思うと、少し素っ気なかったかもしれない。

宮里は中学からやっているというバドミントン部に入部し、運動があまり得意でない僕は、先輩に猛烈に勧誘されたボランティア部に入った。活動内容は少なく、勉強に専念したい僕には都合のいい部活だった。

そんな接点の少ない僕らがこうやって一緒に帰るようになったきっかけは、やっぱりあの日なんだと思う。あの、空がピンクグレープフルーツ色に染まっていた秋の日。とっくに席替えをしていて、僕と宮里はもう隣の席の人ですらなくなっていた。


「――茜くん」

家に帰るため、いつものバスが来る時間ぴったりに停留所に着いた僕は、いつもとは違う待ち人の存在に驚いた。僕の名前を呼んだ彼女は、僕を手招きしながら先にバスに乗り込む。最後列の席へ進んでいったので、その背中を追いかけた。バス通学の生徒は少ないから、ほかの乗客はほぼいない。このバスはいつもそうだ。

「なんでこの時間のバスに？」

宮里が所属するバドミントン部をはじめ、体育館で活動する部は、時間交代で体育館を使用する。バドミントン部は最初に使うことになっているため、月曜日ならボランティア部よりも帰りは早いはずだった。

宮里は、隣に座った僕の質問には答えずに、細い人差し指を上に伸ばした。

「茜くんに関して、ちょっとした噂があります」

僕のほうを見るわけではなく、まっすぐ前を見据えている。

「……はい？」

戸惑いを含んだ僕の声も、彼女の耳には入っていないように見えた。窓の外を流れる夕焼けさえ、戸惑う僕を残してどんどん通り過ぎていく。

「『高遠《たかとお》茜は、頼みごとを何でも聞いてくれる。彼に断られたことがある人はいない』ってね。私、茜くんにお願いがあるの。そのために、茜くんが来るまでずっとバス停で待ってたの」

なるほど。遠回りはしたけれど、僕の質問の答えにたどり着いた。

噂や都市伝説っていうのは、どこかの誰かがいたずら半分に流すために信用できないものがほとんどだ。だけど、今宮里が口にした噂は事実を基にして広まったものだろうし、本人である僕が自覚しているのだから、信用度は十二分にあるといえる。

ただ、同じクラスなのにわざわざバスでお願いをするなんて、一体どんな重大な頼みごとなのだろうと少し身構えた。

「お願い、って？」

恐る恐る、僕は聞いた。立てていた人差し指を膝の上に戻した宮里は、一瞬だけ僕に視線を送った。

「……赤とんぼがほしいの」

小さな声で、自信なさげに、不安げに。たった一言、それだけ。補足、説明、一切なし。これ以上は何も言う気はないといった様子で、宮里は口をつぐんだ。

「わかった、いいよ」

何のためらいもなくあっさり出した僕の答えに、宮里は大きくて黒目がちな瞳をさらに大きく見開いて驚いていた。そんなに驚くことだろうか。

「噂、本当だったんだね……」

驚いた顔のまま固まっている宮里をこうして間近で見てみると、彼女はかなりの童顔だと思った。今は高校の制服を着ているからちゃんと高一に見えるけれど、私服だったら中学生にしか見えないだろう。背だってかなり低いし、声も幼い。

「ねえ、本当にいいの？」

宮里は、僕がどうでもいいことを考えている間もずっと驚いていた。

「いいよ。僕に断る理由はないし」

噂の通り、僕は人からの頼みごとを断らない人間だ。それは子どものときに受けた教育や家庭環境によるもので、今更どうにもできない。

「だけど、頼みを聞き入れる理由もないよね」

なぜか僕の答えを受け入れてくれない宮里は言う。

「なに、断ってほしかったの？」

思わず笑みをこぼしながら僕が返すと、「今時こんないい人がこの世に存在するんだね」と的外れなことを言われた。

話すうちに家が近いことが判明し、その日は同じ停留所で降りて、そこで別れた。実は僕がいつも降りるところはもう一つ先だったのだけれど、家までは歩ける距離なので問題ない。

翌日、僕はとっておきの場所で赤とんぼを数匹捕まえて虫かごに入れた。そのまた翌日、捕まえた赤とんぼを渡すと、宮里は大いに喜んだ。

この赤とんぼを何に使うのか、宮里が言いたくなければ聞かないでおこうと思ったけれど、その日の帰りのバスで、彼女のほうから教えてくれた。もしかしたら、誰かに聞いてほしかったのかもしれない、と後になって思う。

赤とんぼの使い道。それは「プレゼント」だと宮里は言った。

「私の三歳の妹、病気がちであんまり外に出られないんだ。でも絵本で見て、赤とんぼをほしがるようになっちゃって。どこにいるのかもよくわかんないし、見つけたとしても私には捕まえられそうにないから、茜くんに頼もうって思って」

僕のほうは見ずに、ぼんやりと前を見つめたままだった。まるでそこに妹の姿を浮かび上がらせているみたいだった。僕にお願いをしたときと、似た表情をしていた。

「それは……お大事に」

何と言うべきなのか決めかね、無難にそう言っておく。宮里は、今度は僕をまっすぐに見つめて「ありがとう」と笑った。いつもの黄色い笑顔とは違う、教室では見せない灰色の寂しそうな顔。

「茜くんは、兄弟いる？」

宮里はこれ以上自分の妹が話題になるのを避けたかったのかもしれない、僕にそう問うた。

「いるよ。弟」

実は、それは僕も同じだった。できれば弟については何も言いたくなかったのに、宮里は質問を続けた。僕は自分の感情を表に出すのが苦手だから、仕方がない。

「そうなんだ。何歳？」

「小四の九歳」

素っ気なく答える僕を、宮里はいぶかしげに見つめた。

「あれ、弟くんと仲悪いの？」

「いや、そうじゃないけど……」

部外者に話していいものなのかと一瞬ためらったが、興味深そうな宮里の視線に気がつき、しぶしぶ口を開いた。

「本当の兄弟じゃないんだ、色々と訳ありで。弟はそれを知らない」

僕の言葉に、宮里は静かに驚いていた。よく驚く人だ。

「ごめん、変なこと聞いちゃったね」

宮里は申し訳なさそうに、小さな体をさらに縮こめる。

「別にいいよ。弟にもそのうち言わなきゃいけないことだし」

何でもないことのように言ってみたが、どうやらかなり重く受け止められてしまったらしい。教えなきゃよかった、と後悔したのも束の間、

「なんか、似た者同士だね。私たち」

宮里が放ったその言葉に、僕は耳を疑った。

彼女はいたって真面目にそう言ったようだった。似た者同士。それは、ない。

「どっちかって言うと、反対だと思うよ」

僕が正直に口にした意見に、宮里は「そう？」と首をかしげる。

「だってさ、茜くんも私も訳ありの家族を持ってるじゃん。そして、そのことに関して同情はされたくない」

得意げに言い切る宮里。

「それは確かに、そうだけど」

この人は、たったそれだけで僕らのことを似た者同士と言ったらしい。強引にも程がある。

「きっとほかにもたくさんあるよ、似たところ」

だけど、何の根拠もなくそう言ってしまえる宮里がどこか羨ましくて、僕は、その言葉を信じたいと思った。

「そうかもね」

僕らはその日を境に、頻繁に一緒に帰るようになった。教室ではそれぞれの友達と行動していて喋る機会なんてほとんどないのに、なぜかバスの中だけでは、色んな話をしたり、居眠りしたり。

無条件に、こんな日常が続くのだと思っていた。少なくとも、高校を卒業するまではずっと続くのだろうと、そう思っていた。

僕と宮里が一緒に帰るようになった日から、約一年。また、この街に秋が戻ってきた。

普段から人気のないこのバスに乗っているのは、今日も僕らだけだ。高校からの帰り道は、だいたいいつもそう。そして、部活で疲れた宮里が席に体を横たえて眠るのもいつものこと。今日は、僕も一緒に眠ってしまっていた。

もうすぐいつものバス停に到着する。この穏やかな時間も、そろそろ終わりだ。

降車ボタンを押す前に、宮里を起こそうと彼女の体に触れようとして、――できなかった。僕の手が、宮里の体を通り抜ける。

ああ、そうか。そうだった……。

僕は、寝ぼけていたのかもしれない。すっかり忘れていた。


宮里は、とっくに死んだんだった。


「宮里……」

自分のその声で、ようやく本当に目を覚ます。帰りのバス。また、夢。

寝ぼけた頭を覚醒させようと、一度目を強くつぶって、開ける。当然、僕の隣には誰もいない。

ただ眩しすぎる蛍光灯が、寒々しく光っているだけだった。

2

鍋のクリームシチューの様子をうかがうと、もう充分煮込まれているようだった。つまみを回し、火を止める。

「あっくん、シチューできた？」

いつの間にか僕の傍らにいて、ひょこ、と顔を出したのは弟の瞬《しゅん》。十歳だけど、その割に幼く見えるのは、僕があまり小さい子と接しないせいだろうか。

「うん、できたよ。今から盛りつけるから、ちょっとだけ待ってて」

お玉でシチューを軽くかき混ぜてから、コンロの隣に置いておいた二つの器に盛りつけていく。本当は同じ種類の皿が四つあるけれど、今では残りの二つは使う機会がない。

「今日もおいしそうだね。いい匂い」

瞬は幸せそうな笑顔を浮かべ、鼻から息を思いきり吸い込んでいる。そんなに大したものは作れないのに、瞬は毎日そう言ってくれる。

僕は瞬に微笑みかけた。僕の大事な弟。

僕らが住んでいるのは、小さなアパートの一角、二階の部屋。両親はここ一年程まったく帰ってこない。お金は定期的に振り込んでくれているし、家賃や学費や、そういう諸々は勝手にやってくれているみたいなので、今のところは一応なんとかなっている。

あまり広いとはいえないこの部屋で、僕と瞬で四人掛けのダイニングテーブルを挟み、僕が作ったご飯を食べるのがいつものパターンだ。個人の部屋はないため、宿題もこのテーブルでやる。

「ねえ、あっくん。この問題、どうやって解けばいい？」

食器を洗っていた僕は水を止め、タオルで手を拭きながら「どれ？」と瞬の元に近づいた。「これ」瞬が指さした算数の問題に、僕は目を凝らす。

瞬は僕を「あっくん」と呼ぶ。「お兄ちゃん」とは呼ばせない。瞬が真実を知ったとき、いつでも僕の前から消えられるように。いつでも僕の弟をやめられるように。

僕らは本当の兄弟じゃない。

僕が一応「両親」と呼ぶことにしている二人のうち、母親だけが僕の実親だ。僕と瞬はただの連れ子同士。

そしてそれらの事情を、瞬は一切知らない。

「んー、じゃ、日曜日は高遠くんでいい？」

突然部長に尋ねられ、何のことだかさっぱりわからないまま、「はい」とうなずいてしまった。僕の反応を見て、満足そうに部長もうなずく。

ボランティア部部長、三年の栗原《くりはら》先輩。少々強引なところはあるが、人をまとめるのは上手い、まさにリーダー向きの人。僕はこの人に勧誘されてボランティア部に入った。

栗原部長が、部室前方のホワイトボードに何か書き込んでいる。その表を見てようやく理解した。来週からボランティア部員で行う、募金活動の担当曜日決めだ。どうやら僕が完全に集中力を切らしている間に、一番厄介な日曜日を任されてしまったらしい。土日でも部活のために登校する生徒は大勢いるが、わざわざ日曜に募金をしてくれる人なんていないだろうに。


『ボランティア部って、そんな地味なことしてるんだね』

あれは去年の秋の初め。僕と宮里が、一緒に帰るようになったばかりのころ。

その日は宮里に「ボランティア部ってどんなことしてるの？」と聞かれ、「アルミ缶回収とか、募金とか」と主な活動内容を答えた。

「学校によってはもっとすごいことしてるところもあるみたいだけど、うちは校内でしか活動しないから」

体育祭や文化祭が終わり、学校全体にほっとした空気が流れるタイミングを見計らって、ボランティア部はアルミ缶回収を始める。朝の昇降口前、ほとんど空の大きなポリ袋を持って立っていた僕に、登校してきたばかりの宮里が近寄ってきた。

「お手伝い、していい？」

僕が駄目と言えないことを知っているからだろう、何か答える前に宮里は柱の横にカバンを置いて、僕の隣に立った。そんなことされたら、

「いいよ」

そう答えるしか、なくなってしまう。

前日に放送でお知らせしても、アルミ缶の回収率はかなり悪い。相手にされないセールスマンのような気分になり精神的にもきついのだけど、宮里がこのアルミ缶たちの行き先について聞いてくれて、その説明をしているだけで虚しさは和らいだ。

それから、想像していた通りと言えばそうだけど、宮里は僕よりずっと、ほかの生徒への接し方が上手い。持ってこなかった生徒に「明日は持ってきてほしい」と呼びかけてくれたおかげで、次の日の回収率は史上最高だった。その記録は、一年経った

今でも塗り替えられていない。

「あれ。高遠くん帰らないの？」

ホワイトボードを消し終えた部長が、過去に思いを馳せていた僕を不思議そうに見ていた。ほかの部員はもう全員帰ってしまっている。

「あ、今から帰ります」

宮里が死んでから、こんなことが多い。いい加減気持ちを切り替えるべきなのかもしれないけど、未だに宮里の夢を見る僕には、できそうにない。

バスに乗る僕の前にたびたび現れる、幻の宮里。触れないのに、気配は感じる。そして、その幻は決まっていつも眠っていた。聞き慣れた安らかな寝息を立てながら。それがなぜなのか、僕にはわかっている。

宮里の夢は、僕の後悔の塊だからだ。

家でも過去の夢を見る。今度は、幼いころの夢。

まだ瞬はいなくて、現在の父親もいなくて、僕の隣には、母だけがいた。母の手にはビニール袋が提げられていたから、おそらくスーパーからの帰り道だ。

夕方の空はピンクグレープフルーツ色に染まっていた。宮里が死んだ日と、よく似ている。だから思い出したのかもしれない。

「お母さん」

僕はそのとき、何歳だったんだろう。五歳か六歳か、多分それくらいだ。もうすぐ見ず知らずの子が弟になるなんて知らずに、ただ平穏な毎日を、のんびり過ごしていた。

「なに？」

当時はまだ優しかった母の笑顔を見つめ、僕は自慢げに言った。

「今日は、秋の匂いがするね」

「秋の匂い？」

「そう。何にも考えないで、鼻から思いっきり息を吸うの。そうするとね、秋の匂いがするんだよ」

母は僕が言った通りに、鼻から息を吸い込んだ。そして「ほんとだね」と僕に微笑みかけた。

「きっと春には春の匂い、夏には夏の匂い、冬には冬の匂いがするんだね」

「うん、でも僕は、秋の匂いが一番好き」

秋の匂いを嗅ぐなら、朝や夜よりも夕方のほうがいい。それも、夕日が綺麗に見える日。

そんな条件にぴったり当てはまっていたその日、僕は何度も秋の匂いを嗅いだ。冬になっても、春になっても、夏が来ても、この匂いを忘れないように。いつの季節にも、大好きな秋を思い出せるように。……大好きだったお母さんの笑顔を、その声を、思い出せるように。


母はもう、ここにいない。僕と瞬を置いて、父と一緒に消えた。

夢の中だったのに、秋の匂いをはっきり感じた。秋だ、と確かにわかる。僕の好きな、秋の匂い。紛れもなく、その匂いがした。

それなのに、目を覚ましたとき、実際の秋はほとんど終わっている。

十一月上旬。宮里が死んでから、一年が経とうとしていた。

『……赤とんぼがほしいの』

時々、不思議に思う。あの日の宮里の声を、未だにはっきり覚えているのに、忘れようと思ってもできないのに、どうして宮里は、秋が過ぎるのと一緒に消えてしまったんだろう。

僕の中の秋は、まだ終わってはいないのに。

3

日曜日の募金回収は、思ったほど苦ではなかった。どうせ日曜日に予定が入ることもほとんどないので、勉強の息抜きにはちょうどいい。

ただ一つ困ることは、帰りのバス内で宮里の夢を見ることだった。その宮里もやはりぐっすり眠っていて、僕が手を触れて起こそうとしても、絶対触れられない。

あのとき僕が起こしていれば。「起こさないで」と言われたあのとき、「いいよ」なんて答えずに、ちゃんと起こしていれば――。

僕の声はもう届くわけがないと、頭の冷静な部分ではわかっている。それでも、彼女ならまたあの笑顔を見せに来てくれそうで、無茶なお願いをしに来てくれそうで、願ってしまうから、また、幻を見る。

家に帰ってくると、固定電話に留守電が入っていた。日曜日ならいると思ったのかもしれないが、瞬もちょうど遊びに行っていたらしく、まだ帰って来ていない。

無造作に電話のボタンを押し、制服のネクタイを緩めながら内容を聞こうとしたのだけど、なかなか声が入らない。不審に思って近づいたとき、ようやく微かな声が漏れた。

『……もしもし』

その声を聞いて、はっと思い当たる。この、声は。

『……茜。もし、お母さんの電話番号覚えてたら、かけ直して。忘れたなら、……もう、いいから』

そこで、プツ、と切れた。

中途半端にほどいたネクタイもそのままに、僕はその場に立ち尽くしてしまった。なんで、今更。

その日から一週間待ってみたが、再び母から連絡が入ることはなかった。

番号なんて、もう忘れた。……ということにしてしまおうか。本当は、はっきり覚えていた。母がいなくなり始めたころ、必死で何度も電話をかけたから。その電話に、母が出たことは一度もなかったけれど。

宮里を失って、非日常を生きていくだけで精一杯なのに、……どうして、今なんだよ。僕らのこと、見捨てたんじゃなかったのかよ。

その思いと同時に、ついこの間見たばかりの夢を思い出す。あの夢の中で、僕は、母を見た。

――……もしもし。

――きっと春には春の匂い、夏には夏の匂い、冬には冬の匂いがするんだね。

不安げなあの声と、穏やかなあの声が、重なって、混ざって、溶けていく。

——もし、お母さんの電話番号覚えてたら、かけ直して。

何も言わずに僕と瞬を置いていった母。自分のことを優先して、僕らを見捨てた母。優しかった昔とは、すっかり変わってしまった薄情な母。そんな母親のことなんて、無視してしまえばいいのに。

僕は、人からの頼みを断れない人間だ。だから、……かけてしまった。瞬が遊びに出ている時間を見計らって。

耳に当てた受話器から、呼び出し音が鳴る。

自分でかけておきながら、僕は心の底から、出ないでと念じていた。これで出なかったら、僕としてもけじめがつく。このたった一回の電話に賭けていた。

出ないで、出ないで、出ないで……。

僕の念が通じたのかはわからない。だが電話には誰も出ず、留守番電話サービスにつながれた。

メッセージを残すことなく電話を切る。もうこれで、母と話すことはない。かけ直してと言った本人が出なかったのだから、これでいい。

僕の母は、僕が四歳のときに家庭内暴力を理由に離婚していた。父の暴力の標的は、主に僕。どうやら僕は望まれない子どもだったらしく、僕が産まれてから夫婦仲が険悪になったのだという。

父の命令を聞かなければ、命が危ない。だから僕は、自分の身を守るため、人の頼みを断れない人間になってしまった。

両親が離婚し、僕は母に引き取られた。それから二年ほどして、家に見知らぬ男と、まだ満足に歩けない小さな男の子がやってきた。母はその二人を、「新しいお父さんと、茜の弟」と紹介した。僕が小学一年生、瞬が一歳のときだ。

母が再婚して変わったのは苗字くらいで、僕は新しい父と話すこともなく、瞬の面倒を見ることもなく、人と家具が増え、部屋を狭く感じるようになっただけだった。

瞬も瞬で、あまり泣かない大人しい子だった。この子の本当のお母さんは一体どこでどうしているんだろうとも思ったけれど、聞く機会には恵まれなかった。

当時の僕にはいっぱいいっぱいだった。ある日突然、知らない人が父になり、知らない子が弟になるなんて。六年生まで使うはずの小学校の名札が、途中で新しいものに変わるなんて。現実のスピードの速さに、僕は置いていかれていた。瞬が成長していくスピードにも。

初めて家に来たときは単語で話すことしかできなかった瞬が、たくさんの言葉を覚えて両親と饒舌に話す姿を受け入れられなかった。これ以上何も変わらないでくれと思っていた。そんな僕を察してか、瞬は、僕にだけはほとんど話しかけてこなかった。

僕が中学に上がる前の春休みだっただろうか、両親が初めて姿を消したのは。いつも台所にいるはずの母が、買い物に行くと言って出かけたきり帰ってこなかった。父も同様で、仕事に行ったきり。家には僕と、六歳の瞬だけが残された。

母に何度電話をしても出なくて、不安になりながらも、とにかく今日はなんとかして二人で過ごそうと思った。もし明日も帰ってこなければ、警察に連絡しよう、と子どもながらに考えた。

家庭科の教科書を見ながら作った、ハンバーグと野菜炒め。母が料理好きで毎日手の込んだ料理を作ってくれていたので、スーパーで総菜を買って来る気にはどうしてもなれなかった。

「瞬」

不格好な料理をテーブルに並べて、僕はそのときおそらく初めて、弟の名を呼んだ。

「今日はお父さんもお母さんも遅いみたいだから、二人で食べよう」

僕は先に席につき、食べ始めた。食べたくないなら食べなくていいと思ったからだった。そんなに、食欲をそそるような見た目はしていない。でも、

「わあ、おいしそう」

瞬は僕の料理を見て、いつも母の料理に言うように目を輝かせてそう言った。思わず、手を止めてしまう。

「ぼく、ハンバーグ大好き。知ってたの？」

見開いた目をまっすぐ僕に向け、驚いたように問う。

……知ってたのか？　今度は、僕が自分自身に問いかけた。いくつかある家庭科のメニューの中から無造作にハンバーグを選んだつもりだったけれど、もしかしたら僕は、自分でも知らない間に毎日の食事の中で瞬の好物を探っていたのかもしれない。母も、よくハンバーグを作っていた。そのとき瞬が特別嬉しそうな顔をしていたのを、僕はしっかり見ていたのかもしれない。

瞬と二人だけで食べる、初めての夕食。沈黙が続くのではと心配したものの、それは杞憂だった。

「このハンバーグ、すっごいおいしい。お母さんのと同じくらい」

口いっぱいにハンバーグを頬張った瞬が、いかにも子どもらしい感想を述べてくれる。初めて話したと言っても過言ではないのに、瞬の様子にぎこちなさはなかった。それが、瞬なりに見つけた生きる術だったのかもしれない。僕が人の頼みを断れなくなったように。

「本当に？」

「うん。お兄ちゃんも料理上手なんだね、知らなかった」

何気なく、さらっと放ったであろう瞬のその言葉。僕は、引っかかる。「お兄ちゃん」。これまではこちらから一方的に距離を置いていて、まともな会話をしたことがなかった。だから、そう呼ばれるのももちろん初めてだった。

「あの、瞬」

「なに、お兄ちゃん？」

やっぱり引っかかる。

「僕のこと、『お兄ちゃん』なんて呼ばなくていいよ」

「え、どうして？」

さすがに、僕は君の本当のお兄ちゃんじゃないから、とは言えなかった。

「……いや、理由はいいんだけどさ。とにかく『お兄ちゃん』はやめてほしいかな」

瞬は腑に落ちていないようだったけれど、少し考えてから、わかった、とうなずいた。わかってくれてよかった、と安堵していると、

「じゃあ、『あっくん』でいい？」

「えっ？」

無邪気に言う瞬の目は、相変わらず輝いている。僕にもこんなころがあったのかもしれない。わからない。多分、なかった。

「『茜くん』だから、『あっくん』。実はね、ぼく、ずっと心の中では『あっくん』って呼んでたんだ。……駄目、かな」

不安そうに、首をかしげる瞬。

僕はそのとき、初めて気が付いた。弟って、こんなに可愛いのか。血がつながっていないことなんて関係なくて、瞬は僕の弟なんだ。

余計なことを考えなくなったこの日から、瞬を弟だと認められるようになった。

「わかった、いいよ。あっくんで」

僕が笑顔を見せると、瞬も嬉しそうに笑った。

両親は次の日の朝、何事もなかったかのように家に戻ってきていた。

初めて両親が消えたその日、もしかすると二人は、僕らの仲を深めるために消えたのかもしれないと思った。が、そんなことはなかった。それからも、両親は消えては戻り消えては戻りを繰り返した。その間に僕らがすっかり仲良くなったのは、両親にとってはオプションみたいなものだったかもしれない。それと、僕の料理の腕も上がったし、勉強の教え方も上手くなったと思う。

両親が消えている間どこで何をしているのか、僕は知らない。最初のうちは問い詰めていたけれど、向こうははぐらかすだけなので諦めた。味方だと思っていた母まで、何も教えようとしなかった。

それからはほとんどの時間を瞬と二人で過ごすようになった。まるで、最初から二人で暮らしていたかのように。僕らにはもともと親なんていなかったかのように。僕の現実をかき乱す存在がいないならそれでいいと思うようになっていったし、瞬も大して気にしていないように見えた。

このままずっと、二人でいい。二人がいい。宮里がいなくなって気づいたのは、大切な人を失うことはあまりに辛すぎるということ。もう二度とそんな日に遭わないように、僕は、瞬以外には大切なものを作らないことにした。

現実を乱した上に僕らを見捨てた親なんてもうどうでもいい。ただ、――母がかけてきた電話の用件は一体何だったのか、少しだけ気にかかっていた。

4

「茜くん、今日も一緒に帰っていい？」

放課後の教室、部活が始まる前に、宮里は僕の席に来てそう尋ねた。教室からほかの生徒がいなくなる瞬間を見計らっていたみたいに。

彼女は別に友達が少ないわけではないけれど、仲のいい友達とは家の方向が反対であるため、前まではいつも一人で帰っていたらしい。家が近くて、しかもお願いを何でも聞いてくれるクラスメイトは、何かと都合がいいのだろう。

いつもの通り、いいよ、と答えようとして、その声が喉の奥で止まる。

……そういえば宮里は、死んだんじゃなかったか。

僕の目の前で笑みを浮かべている彼女を見て、これは夢なんだと確信する。

夢でもいい。彼女に会えるなら、また話ができるなら、眠っていないなら、それでいい。黄色い笑顔も、夢だからといって色褪せることはない。

「わかった、いいよ。待ってる」

僕はそう答えていた。

ボランティア部の活動がない日、バドミントン部の練習が終わるまで、僕は教室で宿題をして待つ。帰宅してからはなかなか勉強時間が取れないので、この時間は貴重だった。

窓の外には、秋晴れの空が広がっていた。瑞々しいピンク色。ピンクグレープフルーツ。

夢だからかそんな時間はすぐに過ぎて、僕の元に部活を終えた宮里が現れた。宮里はにっこり笑って、言った。「帰ろう」と。

「うん。帰ろう」

そう返す声は、震えていなかっただろうか。

『宮里……』

宮里の幻に向かって伸ばした僕の腕が、通り抜けて、何度呼びかけても、届かなくて、もどかしかった彼女が、確かにここにいる。

夢だってかまわない。たった一夜の夢の中でも、目を覚ましている宮里といられることが嬉しかった。

いつもの時間のバスに乗った。いつも通り、僕ら以外の乗客はいなかった。何の打ち合わせもしていないけれど、僕らは一番後ろの席に座る。宮里曰く、特等席。

「なんか、今日寒いね」

腰を下ろした途端、宮里がそう言った。寒そうに両手をこすり合わせる。

「まあ、そろそろ冬だしね」

僕の当たり障りのない返事に、彼女は感慨深げにうなずいた。

「そっか、もう秋も終わりか。毎年思うけど、秋って短いよね。一番過ごしやすい季節なのに」

僕は宮里の意見に賛成した。

「夏と冬は、もう少し短くていいと思う」

「そうそう。それに、春休みと夏休みと冬休みはあるのに、秋休みだけないのが未だに納得できない」

そこまでは僕も同意だったが、その後秋休みの必要性について語りだした宮里に、ついていけなくなった。涼しいとはいえ秋にだって休息は必要だとか、二学期が長すぎるとか。

喋り疲れたらしい彼女は、大きなあくびを一つしてからすぐに眠った。それが、ひたすらに心地よかった。ただの都合のいいクラスメイトでいい。宮里が、僕を頼ってくれる。僕の隣で安心できる。それだけで充分だ。

けれどもそこはやっぱり夢で、単なる待ち時間というのはあっという間に過ぎてしまう。僕らが降りる停留所が目前に迫った信号に着いても、宮里はまだ、僕の隣で眠っていた。

いつもならこのあたりで起こして降車ボタンを押すのだけど、この日だけは、起こすことができなかった。

「茜くん」

起こそうと伸ばした僕の手が彼女の体に届く寸前、目を閉じたままの宮里が僕を呼んだから。ボタンを押すこともできず、バスが走り出した。

「ね、今日は寝かせて。まだ、起こさないで」

少し甘えたような、いつもより幼くて、いつもより小さな声。その声を聞いて、僕は思い出した。

この後の、すべての展開を。

「……わかった、いいよ」

思い出したとしても、駄目だった。僕は、彼女の願いを断れない。子どものころあんな環境で、人の顔色をうかがいながら、なんとか生きてきた僕。僕に、彼女の願いを断るという選択肢は、生まれない。

「宮里。もう少し先に堤防があるんだ。そこに行ってみようか。赤とんぼが、いるはず」

宮里は、何も言わなかった。その代わり、座席に頬を擦りつけるようにしてうなずいた。

あの日の出来事をなぞった夢なのだから、あえて違う選択をすることもできたろうに、僕はあの日と同じ言葉を選んでいた。

自分たちの家を通り過ぎ、僕らは堤防近くのバス停で降りた。そのころには宮里の眠気も吹き飛んだようで、生き生きしているように見えた。

「すごいね、茜くん。こんないいとこ知ってたんだ」

堤防を下りながら、宮里は僕に笑いかけた。ただの堤防と言ってしまえばそれまでだけど、河川敷の芝生はそれなりに綺麗にされている。何より、この季節に来れば頭上にはたくさんの赤とんぼが飛び回っている。

「小さいころ、時々遊びに来てたんだ。近くに公園もあるし」

小さいころ、とは言ったけど高校生になってから来たこともある。例えば、病気がちの妹のために赤とんぼがほしいとクラスメイトにお願いされたときとか。

「ねえ、ちょっとお話しようよ」

僕より少し前を歩いていた宮里が、唐突に振り返って言った。「お話」って。使う言葉まで子どもっぽいのか、と僕は苦笑した。

「お話？　なに、桃太郎とか？」

ちょっとふざけてみると、宮里は不満げに口を尖らせた。

「違うよ、今まで話してこなかったこと。私の話もするからさ」

今まで、話してこなかったこと。すぐに思い当たった。互いの家族のこと。僕が宮里に赤とんぼを渡したあの日以来、僕らは一度も互いの家族には触れてこなかった。

僕は、いつも通りの答え方しかできない。

「わかった、いいよ。ただ、家で弟が待ってるから早めに切り上げようか」

五時を過ぎているとはいえ、晴天のためか空はかろうじて明るかった。でも、日が暮れてしまうのはここからが速かった。

僕らは河川敷を歩きながら「お話」を始めた。普段なら他人には言えないようなことも、ここでなら、全部言える気がした。

「私の妹、病気がちだって言ったでしょ」

深刻そうな宮里に、僕は黙ってうなずいた。夏なら緑色をしている芝生は、冬直前のこのとき、白くしなびてしまっていた。

「最近特に体調悪くって。今入院してるの」

「……そんなに、ひどいの」

彼女は目を伏せて、今にも泣きそうな顔でうなずいた。

「さっき『起こさないで』って言っちゃったの、眠かったせいだけじゃないんだ。妹がいない家に帰るのが怖かったの。ごめんね、私のわがままで」

宮里の無理に作った笑顔を見たとき、胸の奥がちくりと痛んだ。無理しなくていいよ、って、泣いてもいいよ、って、言えたらよかった。僕は何も言えなかった。宮里は、必死で涙をこらえているようだった。

「宮里は……妹のこと、大好きなんだね」

何の励ましにもならない僕の声は、秋の風に流されて消えていった。

秋の匂いがする。何度も嗅いだ、秋の匂い。途端に切なくなる。病院にいるのであろう宮里の妹は、この匂いが感じられないのだ。窓を開けるだけじゃ足りない、この匂いが。

「ねえ、茜くんのことも教えてよ」

若干ひきつったように見える宮里の笑顔に背中を押されるように、僕は徐に口を開いた。

「僕の本当の両親は、僕が小さいときに離婚したんだ」

中途半端に同情されるのは嫌だったから、これまで誰にもこんな話をしてこなかった。

でも、宮里になら。僕と同じように家族に悩みを抱える彼女になら、全部話してしまいたいと思った。

どんどん夕日が沈んでいく夕焼け空に、まだ沈まないでと祈りながら続ける。

「母親に引き取られて、ああ、このままお母さんと二人で暮らしていくんだろうなって思ってたのに、ある日突然、知らない男の人と一歳の男の子が家に来て」

「うん」

宮里の様子をちらりとうかがうと、その大きな瞳を一ミリも動かさず、僕の言葉の続きを待ってくれていた。自分のことの一部として、受け止めようとしてくれている。それがわかって、僕は安心して話し続けることができた。

「新しい父親も、突然できた弟も、すぐには受け入れられなくて。距離を置いてるうちに、母親も僕にかまってくれなくなって」

小さく深呼吸すると、秋の匂いが鼻腔をくすぐった。昔の母との思い出が脳裏を過るけれど、無理やり追い払う。

「僕が中学生になる前の春休みのある日、両親が消えたんだ。僕と弟の二人だけを、家に残したまま」

「……」

「両親は次の日すぐに戻ってきたけど、それから何度も、何も言わずに僕ら二人を置いていった」

「……うん」

　僕が硬い表情で話していたからか、宮里の顔も強ばっていた。それを見て、このまま続けていいのか迷う。

「弟くんとは、どうだったの？」

でも、宮里はそう言って続きを促してくれた。そうだ、本当に話したかったのは、瞬のことだ。僕はもう一度口を開く。

「初めて二人だけ取り残されたときは、気まずくなるかと思ったけど、案外そうでもなくて。僕は弟をずっと受け入れられなかったのに、弟は僕を兄として受け入れてくれてた。そのことに、その日初めて気づいたんだ」

「優しい弟くんだ」

　ふっと柔らかい笑みを浮かべた宮里の言葉にうなずいた。

「両親がいなくなる度二人で過ごしてたら、すっかり仲良くなっちゃって。むしろ、家族が全員揃ってるときよりも、弟と二人で過ごしてるときのほうが、居心地がよかった」

「そっか」

宮里の優しい笑顔が、残りわずかな夕日の光に照らされて輝いていた。さっきまでのピンクグレープフルーツ色の空より、ずっと綺麗だった。

「今じゃ、弟さえいてくれればそれでいいって思ってる。もう何も起こらないように、何も変わらないように、できればずっとこのまま二人がいいって」

そこまで話しきってしまってから、ふと我に返った。喋りすぎた……。

話をしたいのは宮里のほうのはずだったのに、僕が聞き手になるべきだったのに、いつの間にか、立場が逆転していた。

「茜くんって」

何を言われるのか見当がつかず、とりあえず罪悪感でいっぱいになっていると、

「――すごい人、だね」

「え？」

僕は、しばし言葉を失う。

「どういう、意味」

たまらず自分から尋ねると、宮里は笑みを浮かべた。いつもの黄色い笑顔だった。反射的に、よかった、と思った。

「茜くん、そんなに喋る人だと思わなかった。言いたいことがこんなにあるのに、普段は心に留めておけるのがすごいなって」

宮里は笑った。つられて僕も笑った。特別面白いことがあったわけでも、楽しいことがあったわけでもない、むしろ、この世界には嫌なことのほうが多いはずなのに。

僕らは笑った。宮里さえいてくれれば、全部なんとかなるような気がした。

その黄色い笑顔を見せてくれるなら、僕は何でもするよ。たまには泣いたっていいけど、代わりにその倍の笑顔を見せてほしい。僕が、君を笑わせられるようになるから。……なんて、ドラマみたいな台詞を言えたらよかった。僕はやっぱり、何も言えなかった。

「あのさ、茜くん」

何がおかしかったのかもわからないままひとしきり笑った後に、彼女は少しだけ真剣になって、僕を見つめた。僕らの間を、赤とんぼが通り過ぎていった。

「妹のいる病院ね、ここからすぐなんだ。歩いて十分くらいのところにあるの。だから、今から行ってみようかなって」

「今から？」

「うん、今から。昨日まで、元気ない妹見るの辛かったんだけどさ。茜くんが予想外に喋るから、もしかしたら妹も予想外に元気になったりして、と思って」

「なにその理由」

そう言って笑ってみたものの、空はもう夜を含んだ紺色に染まり始めている。

「危ないんじゃないかな」

心から心配して言ったのに、宮里はけろっとした顔で「大丈夫でしょ」と言った。

「今行きたくなったんだから、今行かなきゃ」

「単純」

見た目通りの子どもっぽい考え方だ。この子は本当に高一なんだろうかと時々疑わしく思う半面、そんな本能のままに生きている感じが、僕はまた羨ましかったりもする。

「茜くんは早く帰りなよ。弟くん待ってるんでしょ」

「ああ、うん……」

結局宮里に促されて、僕は家へ、彼女は病院へ向かうことになった。彼女の言いなりになってしまう僕だって、ある意味単純。彼女と変わらない。

「茜くん」

そろそろ「また明日」を言わなければならないところで、宮里が僕を呼んだ。僕は立ち止まって彼女を見た。

「赤とんぼの本当の名前、知ってる？」

　宮里は背中で手を組んで、試すような目で僕を見据えている。

「……知らない」

　僕の返答に満足したらしく、彼女は笑みを深めて続けた。

「アキアカネ、って言うんだって。茜くんにぴったりでしょ」

「もしかして、妹への赤とんぼを僕に頼んだの、そういう理由もあったの？」

「当たり」

　ようやく種明かしができたからか、宮里は上機嫌だった。

「また色々話そうね。次は、こういう楽しいこと。またここに来て、赤とんぼ眺めながら、いっぱい話そうね」

　いつも通り、何も変わらない、当たり前の、僕の大好きな、宮里の黄色い笑顔。

　これは夢だ。僕の思い出を忠実になぞった夢。だから知っている。

　これが、僕が見る最後の宮里の笑顔だ。

　その笑顔を、僕は秋の匂いと一緒に脳裏に焼き付けた。

「わかった、いいよ」

　僕はできる限りの笑顔を作って、返した。ふいに思う。僕の笑顔は、宮里には何色に見えているんだろう。

「じゃあね、また明日」

手を振りながら、遠ざかっていく彼女。

行ってしまう、宮里が。あの黄色い笑顔が。必死に手を伸ばしたが、もう遅い。視界がどんどん歪んでいった。

現実の世界に戻ってきた僕の頬に、冷たい滴が流れる。

僕はまた、夢から目覚めた。

宮里が死んだと知ったのは、その翌日。当時の担任の先生から聞いた。

僕と別れた宮里は、病院を目指して歩いていた。その途中、どうやら赤とんぼを見つけてしまったらしい。また妹にプレゼントしたかったのかもしれない。宮里は、その赤とんぼを追いかけた。追いかけるうちに、住宅街の、歩道のない狭い道路に入っていってしまう。宮里の視界には赤とんぼしか入らなかったのだろうか。そして――運送会社のトラックに気づかず、そのままはねられた。

トラックの運転手や目撃者の証言を照らし合わせると、こんなところだという。その話を聞いたとき、なんて宮里らしい死に方だろう、と思った。まったく、子どもじゃないんだから、そんな最期なんて……。

宮里は生きて妹に会うことはできなかったが、皮肉なことに、救急車で運ばれた先は妹の病院だったため、歩いて行くより早く妹と顔を合わせることができた。……笑えない。

僕はひたすらに、自分の行動を悔やんだ。あのとき宮里を起こしていれば。あのとき宮里を止めていれば。その後悔は今でも、バスで見る夢の中に現れる。

宮里が死んでから、教室は悲しみに包まれた。宮里の机の上にはいつも、花瓶に生けられた綺麗な花が健気に咲いていた。

でも、それも一年生が終わるまでのことだ。進級した新学期、宮里ゆずの名前はどのクラスの名簿にもなかった。どこの教室の机にも、花は咲いていなかった。当然のことだ。だけど僕はそれが、どうしても解せなかった。

宮里の面影を追い求めるように、僕は図書室の本で、赤とんぼのことを調べた。本当はアキアカネというらしい赤とんぼ。敵が来てもすぐに気づけるように、見晴らしがいいところに止まる習性がある。夏の間は山地で涼み、秋になると低地に戻ってくる。そうやって赤とんぼのことを調べたところで、宮里が戻ってくることはなかった。

僕だけがそんなことをしていても、みんなは宮里を忘れていく。記憶の中からゆっくり消化していく。一日ずつ、一秒ずつ。

5

「ただいま」

帰り道に買ってきたケーキが崩れないよう、気をつけながら急いで帰ると、もう八時近くになっていた。

『お願い』

部活が終わり、帰り支度をしていたところ、栗原部長が顔の前で両手を合わせて僕に頭を下げた。訳がわからず黙って見返していると、部長は手を合わせたままで顔を上げた。

「資料作り、手伝ってくれないかな」

「資料、ですか」

僕が聞き返すと、部長はうんうんとうなずいた。その顔は真剣そのもので、本気で人の助けを必要としているように見えた。

僕は、断り方を知らない。

「……わかりました」

ほかにも何人か部員は残っていた。その中でなぜ僕に頼んだのか、理由は容易に想像できたので、なおさら断れなかった。

月ごとのアルミ缶回収率や募金の金額を資料としてまとめる作業は想像以上に大変で、確かにあれは部長が一人でやるべき量じゃない。途中で抜けることもできず、こんな時間になってしまった。

いつもおかえりを言ってくれる瞬は、二人掛けの小さなソファに座ったまま、気持ちよさそうに眠っている。

足音を忍ばせ、瞬のためのケーキを冷蔵庫にしまってからソファに歩み寄る。足元に落ちていた本を拾い上げると、それにはバーコードが貼られていた。図書室で借りた本だろう。これを読みながら眠ってしまったらしい。微笑ましさに頬を緩め、呼びかけようとして、その声が詰まる。

今日は瞬の誕生日だ。瞬が主役だ。瞬が一番いい思いをしなければならない。なのに、なぜ瞬が僕を待っていなければならないのか。

胸の奥から、罪悪感がじわじわと襲ってくる。「今日は弟の誕生日だから」と言えば、部長はすぐに僕を帰してくれただろう。僕が断れなかったせいだ。

その後自分で目を覚ました瞬に、遅れてしまったことを詫びた。それから瞬の好きなハンバーグを作って、二人だけの誕生日パーティーを始めた。瞬は「そんなこと気にしてないよ」と笑ってくれたけれど、僕の罪悪感は消えない。

「あっくんが忙しいのはわかってるよ。だから気にしないで」

僕が買ってきたモンブランをおいしそうに頬張りながら、瞬は言った。

普通のモンブランでもこんな顔をされたら、周りの人はみんな幸せになる。瞬は、僕とは全然違う。

当たり前か。血がつながっていないんだから。


日曜日、ほとんど収穫のない募金活動を終えて家に帰ると、瞬の様子がおかしかった。おかえりの声が、いつもより少し暗い。

気のせいだろうと自分を説得し、一緒に昼ご飯を食べた。だけど、やっぱり何かおかしい。一口食べたらすぐに「おいしい」と言ってくれるはずなのに、何も言わなかった。いつも通りのレシピで作ったから、口に合わなかったわけではないと思う。どうかしたんだろうか。

僕はまず、体調不良を疑った。大きな病気をしたことがない、まるで健康体の瞬だけど、風邪をひくことくらいあるだろう。しかしどうやらそういうわけではないようで、ちゃんと完食してくれた。

レシピはいつもと同じ。体調が悪いわけでもない。じゃあ瞬が「おいしい」と言わない理由は……。

食べ終えた食器を洗っている間も、ずっと考えていた。テーブルでは、瞬が算数の計算問題に取り組んでいる。わからない問題があるときはすぐに僕に質問するのに、今日は一度も聞いてこなかった。

偶然かもしれない。今日はたまたま、簡単なところだったのかも。

洗い物を済ませた僕は、瞬の向かいに座る。洗い物が終わった後は、よく宿題の進み具合を見にいく。すると、空欄がいくつかあった。

瞬は僕をちらりと見、話しかけてくるかと思いきや、唇を嚙んでうつむいて、そのままもう一度プリントに向かった。

絶対、何かおかしい。

「どうかした?」

言いたくないなら言わなくていいし、無視されてもかまわない。僕の諦めが詰まったその声に、瞬はピクリと反応して、鉛筆を止めた。

「今日、お母さんから電話があったんだ」

プリントの空欄を埋めるように、瞬は慎重に言った。僕の心臓が、壊れそうな勢いで大きく波打った。

……まさか。

戸惑いが僕の頭を駆け巡っているうちに、瞬は言葉を続ける。

「あっくんに言われた通り、ぼく、『もしもし、高遠です』って言ったんだ。まだ、お母さんだってわからなかったから。お母さんはぼくが電話に出るとは思ってなかったのかな、あっくんと喋ってるつもりだったんだと思う」

「……」

プリントの、ではなく、瞬の様子がおかしい理由の空欄が、どんどん埋まっていく。

「お母さん言ってたんだ、もう家には帰れないって。それと、瞬をよろしくってさ。そのときに言えばよかったよね、ぼくが瞬だよって。でも言わなかった。なんでかわかんないけど、まあいいかって思っちゃって」

空欄が、埋まっていく。

僕は、息をするのも忘れて瞬を見ていた。瞬は僕と目を合わせずに、プリントの空欄を見ていた。

「そしたら、最後に、お母さんが――」

瞬の持っていた鉛筆が、カタ、と音を立てて手から滑り落ちた。耳を塞ぎたい衝動に駆られたが、そんな余裕もなかった。

瞬はためらうことなく、最後の空欄を埋めた。

「『茜と瞬が本当の兄弟じゃないこと、いつ言うかは茜に任せるから』って。それで、ぼく、怖くなって、……さよならも言わずに、電話、切っちゃった……」

瞬の声が震えたのが、はっきりとわかった。

「おはよう」「おかえり」「いただきます」「おいしい」「ありがとう」「おやすみ」……瞬が僕に言う、どの言葉とも違う。どれよりも重くて辛くて哀しくて……。

「ねえ、あっくん。どういうことなの？　ぼくはあっくんの弟じゃないの？　あっくんはぼくのお兄ちゃんじゃないの？　じゃあ、ぼくは誰……？」

ぼくは、誰。

瞬のその言葉を、何度も反芻した。誰。誰。誰……。

それは、僕自身にも同じことが言えた。僕が瞬の兄じゃないなら、瞬が僕の弟じゃないなら、僕は、一体誰なんだろう。

答えの出ない問題を前にすると苛立ってしまいそうになるが、今は不思議と落ち着いていた。床に落ちてしまった鉛筆を拾い上げ、机の上に置く。

「……ごめん、今まで黙ってて」

自分でも驚くくらい、冷静でいられた。いつかはこんな日が来ると、覚悟していたからかもしれない。

そして、僕は瞬にすべてを話した。僕と瞬のこと、両親のこと。僕が知っている範囲で、すべて。瞬はしばらく何も言わずにただうつむいていたが、寝る前には「おやすみ」を言って、静かに眠った。

翌朝、瞬の様子はまだぎこちなかったけれど、それなりにいつもと同じような朝を過ごすことができたと思う。

あの電話に出たのが瞬だったこと、母に教えたほうがいいんだろうか。そのせいで瞬が何の準備もなく傷ついたこと、伝えたほうがいいんだろうか。授業中、普通の高校生なら考えなくてもいいことを考えていて、習ったところをあまり理解できていない。瞬も、普通の小学生なら考える必要のないことを考えて、今頃悩んでいるかもしれない。僕らは一生、こんなことを考えながら生きていかなければならないのか。

宮里がいたら、と願ってしまう。きっと彼女なら、僕の悩み事なんてあの子どもっぽい思考で全部吹き飛ばしてくれる。

今日も帰りのバスの中に、宮里が現れた。幻の宮里。もちろん眠っていた。もちろん、触れることもできなかった。


『◇初◇ 校外ボランティア決定！』

いつも綺麗にされているホワイトボードにその文字が堂々と並んでいて、僕は思わず、え、と声を漏らす。僕以外にはまだ誰も来ていないボランティア部部室に、僕の

いた。

　僕がホワイトボードに釘づけになっていると、いつの間にか栗原部長が姿を現して
「お、高遠くん」

声は虚しく響く。

「あの、『初校外ボランティア』って」

　僕が疑問をそのまま口にすると、部長はにやりと笑って、

「高遠くん知ってるかな。バスに乗ってちょっと行くと、保育園があるの」

「ああ、はい」

　すぐに思い当たる。確か、僕らの家があるのと同じ方向。

「今度、その保育園で発表会をやるんだって。そのお手伝いを、ボランティア部にやってほしいって依頼が来たの。初めての校外ボランティアにはちょうどいいんじゃないかなと思って、了承したんだ」

　得意げに部長は笑った。

　この人は、卒業ぎりぎりまで部にいるつもりだという。本当に、ボランティア精神旺盛な人だ。

「ただいま」には、「おかえり」と返してくれる声がないと、寂しすぎる。そんな状況が、ここ何日も続いていた。瞬は、僕が帰ってくる時間に外へ出ているようだ。あの事実を知ったからだろう。僕は瞬の選択に文句は言えないし、言う気もない。ただ、ひたすらに寂しい。僕の中で、瞬の存在がこんなに大きかったのかと痛感して、余計に。義兄弟になったときから、こんな日が来るかもしれないと覚悟していたのに、心はまったく追い付いてこない。

瞬の大好きなハンバーグを作りながら、味を悪くしそうなことを考えていると、ガチャリと玄関の扉が開いて瞬が帰ってきた。無視されてもいいから、おかえり、と言おうとしたが、それは声にならなかった。

部屋に入ってきた瞬は、泣いていた。泣き声を必死でこらえて、静かに泣いていた。瞬は僕を見ることなく、何があったのか聞く隙も与えずに奥の寝室へ向かった。僕は、頼りになんてされていない。

だから僕は、何も言わずに、ただハンバーグが焦げないようにしながら、

『やった、ハンバーグだ。ぼく、あっくんのハンバーグ大好き』

瞬がまたそう言ってくれることは、もうないのかもしれない。それでもいい。そうなったとしても……。

瞬の泣き顔は、できるだけ見たくないと思った。

いつも通りの味に仕上がっただろうハンバーグをテーブルに並べ、僕はいつもと同じ位置に座った。夕食を全部、用意した。あとは、瞬だけ。

寝室から出てこない瞬を呼ぶ気にはなれず、だけど自分のハンバーグに手をつける気にもなれず、そのまま時間は過ぎた。

ご飯の湯気が少しずつ弱くなっていくのがわかる。ハンバーグも冷めてしまった。心なしか、冷めるのが早すぎるように思う。

もう、冬だからか。街はクリスマスの準備で忙しいというこの時期。今年の秋もまた、終わってしまった。あっという間に、あまりに短すぎる秋が、一瞬で終わってしまった。

宮里がいた時期も、一瞬だった。秋があっさりと姿を消すように、宮里も。

今でもバスの中で見る、宮里の夢。あれを見なくなる日は来るんだろうか。話すことも触れることもできない幻は、目にするだけで辛い。

その日、瞬が再び僕の前に姿を見せることはなく、涙の訳もわからないままだった。

ハンバーグは、すっかり冷え切ってしまった。

瞬がこもっている寝室に入る勇気がなかった僕は、ソファで眠って朝を迎えた。朝ご飯の準備をしなければ、と身を起こす。今日も学校だ。

ソファで居眠りをすると、いつも身体が鈍く痛む。

ふと、瞬の誕生日のことを思い出す。部長に頼まれた仕事を断れず、帰るのが遅くなってしまった僕を、瞬はソファで居眠りをしながら待っていてくれた。

瞬は、優しい。優しすぎるくらいに、優しい。

両親が消えたときも宮里が消えたときも、僕が壊れずにいられたのはきっと瞬の優しさがあったからだ。瞬に、何度救われたか。きっと、数えきれないくらいだ。じゃあ僕は、何度瞬を救った？　ご飯を作って宿題を教えて、……ただ、それだけだ。

瞬が僕の弟になった日からこれまで、瞬が僕に一言も理由を話さず寝室にこもるなんて、そんなこと一度もなかった。

瞬は今、人生で一番困っているんだ。誰かの助けを必要としている。その誰かは、誰でもいいわけじゃない。たとえ僕が本当の兄じゃなかったとしても、僕たちだって、ずっと同じ家で過ごしてきた家族だ。僕が、瞬を救わなくては。何もできないかもしれないけど、せめて、救おうとしなければ。

寝室の扉を、小さくノックしてみる。案の定返事はなかったが、僕はゆっくりと扉を開けた。しっかり顔を見て話すべきだろう。

カーテンは閉め切られていて、開けたドアからの光が暗い室内にまっすぐ射しこむ。いつもは二つの布団を並べている部屋に、一つだけの布団と、その上に、盛り上がった掛け布団がある。

瞬は起きている、と直感で思う。根拠は何もないけれど、瞬の呼吸に合わせて上下する布団が、どこか緊張しているように見えた。

瞬の元へと足を進め、傍らにしゃがみ込んだ。布団越しに、こちらに背を向けて横になっている瞬の体に手をのせる。

「瞬」

ようやく発することのできた僕の声は、あまりに弱々しくて頼りなくて、まるで、僕の存在価値をそのまま音にしたみたいだった。

どう声をかけるべきなのか、どうしたらまた瞬が笑ってくれるか、わからない。それでもただ、瞬が立ち直る力になれたらと、その一心で……だけど、

「起こさないで」

僕の声よりも小さく、しかし僕よりずっと鋭い声が、鼓膜に響いた。

「もう学校、行きたくない」

——ね、今日は寝かせて。まだ、起こさないで。

少し甘えたような、いつも通り幼くて、いつもより小さい、あの声。

あの日の悪夢が、蘇った。

——わかった、いいよ。

あの日、いつものように僕がそう答えたせいで、宮里は死んだ。僕のせいで。あの悪夢を、繰り返してはいけない、絶対に。だから、

「行かなきゃ、駄目だよ」

瞬のために、僕が強くならなくては。

「逃げたら、駄目なんだよ。親が僕たちを置いて逃げたとしても、僕たち自身は、逃げたらいけない……」

慣れない言葉を並べた、拙い説得。多分、瞬には何も届いていない。

僕は、何を言ったらいい？

しばらく悩んで、思い出す。僕にもあった、こういうこと。ちょうど、瞬と同じ小学五年生のときだ。

今まで誰にもしてこなかったこの話。瞬は、聞いてくれるだろうか。

「……聞きたくなかったら、無視していいよ」

そんなくだらない前置きをして、瞬の小さな背中をゆっくり撫でながら、僕は過去のふたを開けた。

『茜、ってさ、女みたいな名前だよな』

そういうことを言われたのは、別にそのときが初めてじゃない。自己紹介すると、

大抵言われる。だから、その台詞にはすっかり慣れていたはずだった。

　そのときは、学校の休み時間に、教室の真ん中で、クラスの目立つ男子グループが、僕にも聞こえるように言っていた。それだけで終わればいいのに、僕の話題は続いた。

「確かに。実は女なんじゃね？」

「あー、言えてる。高遠って、女みたいに大人しいもんな」

「てかさ、一年のときは高遠じゃなかったよな、苗字。覚えてないけど」

「そうそう。なんで苗字変わったんだろ、離婚？」

「うっわ、あいつ名前も苗字も変だな」

　悪意はなかったんだと思う。子どもの無神経さは、時に残酷だ。

　離婚じゃないよ、再婚。

　心の中だけでそうつぶやいて、僕は席を立ち、静かに教室を出た。……その後は、どうしたんだっけ。会話だけが耳に焼き付いていて、それから何をしたのかよく覚えていない。

　その翌日は、どうしようもなく学校に行きたくなかった。でも僕の名前をつけてくれた母にはこのことを言い出せず、頭が痛いと嘘をついて学校を休んだ。

　おそらくすでにそのときから、母は僕のことなんてどうでもよかったんだと思う。母にそれが仮病だとばれることはなかった。瞬たちと出会う前の母なら、気づいただろうか。気づいて、くれただろうか。

一人で布団をかぶっていたが、誰も僕のことなんて気にかけていないのにこうしているのが馬鹿馬鹿しく思えてきて、次の日からは学校に行った。ただ、あの男子グループとは二度とまともに話せなかった。

あのとき、僕は逃げた。だけど逃げた先に、何もなかった。そこは出口のない、真っ暗な洞窟だった。逃げた先のほうがよっぽど恐ろしく、冷たかった。

「僕らには、逃げる場所なんてないんだよ」

布団越しに瞬の体温を感じながら、確かにここに存在している瞬を引き留めるように、僕は言う。

親に見捨てられるということは、そういうことなのだろう。その分、親に頼らずに生きていく術を身につけなければならない。瞬にも、それをわかってほしかった。

……無理だった。

「あっくんは、そうやって諦められるのかもしれないけど」

瞬の声は、僕より鋭い。

「ぼくは、そんなに大人じゃないよ……逃げたいよ。逃げる場所がなくても、探し回って逃げたい」

始めは鋭かった瞬の声が、だんだん震え、涙声になっていく。

……ごめん、瞬。本当にごめん。ごめん。

やっぱり僕じゃ無理だ。僕なんて所詮、ただの同居人だ。他人だ。家族だなんて、簡単に思うんじゃなかった。僕にできることなんて、なかった。

小学校に欠席の連絡を入れ、少し迷った末高校にも同様の連絡を入れた。今から学校に向かっても確実に遅刻だし、何より、瞬を一人ここに残していくのが嫌だった。

用は済んだはずの電話の前で立ち尽くす。ふいに頭に浮かぶ電話番号。もう二度と、かけるつもりなんてなかったのに。左手が勝手に受話器を取り、右手はその番号を押していく。

あの人に頼らなければならないほど、僕は追い詰められていたらしい。電話をかけて、何がしたいんだろう。それすらもわからないまま、呼び出し音が鳴る。一回、二回、三回、……。

回数を重ねるうちに緊張の糸が引っ張られて、今にも切れてしまいそうだ。実の母親に電話をかけるだけなのに、こんなに緊張してしまう。それくらいに、距離が遠くなってしまったのだと思う。

四回、五回、……。

そこで、ガチャ、と呼び出し音が途切れ、続けて『もしもし』と聞き覚えのある声

子だからだろうか。
一体誰だろう、こんな朝早くに。
母がそう思っているのが、手に取るようにわかった。やっぱり、血のつながった親
子だからだろうか。
「もしもし、……僕。茜」
振り絞ったその声は、電話の向こうまでしっかりと届いた。
『え、茜？　本当に？』
その声には、驚きと高揚がにじんでいる。
何も考えず電話をかけてしまったため、まず何を言うべきなのか迷っていると、な
ぜか母が突然わっと泣き出した。思わず受話器を落としそうになる。
「ちょっ……え」
『ごめんね。ごめん、茜……』
『ごめん、茜』と瞬よりひどい涙声で繰り返す母に、僕は戸惑う。
茜、と何度も呼ばれて気づいた。僕のことを「茜」と呼ぶのは、母だけだ。もうと
っくに嫌いになったはずの母の声が、茜、と呼ぶ声の温度が、僕の耳の奥を突いてじ
んわりと広がっていく。
母はまだ何度も謝り続けていた。『茜、ごめんね』と。

聞き取りにくい涙声をまとめると、どうやらそれは、今まで僕らを放っていたこと、秘密を瞬にばらしてしまったことについて謝っているようだった。急に電話を切られて、おかしいと思った後で、電話の相手は僕じゃなかったと気づいたのだと。

今更謝られても、正直遅い。僕らの関係は、何もかも変わってしまった。

『言うかどうか迷ったんだけど……茜には、知っておいてほしいことがあるの』

ひとしきり謝った後、母はまだ湿り気の残る声で言った。また僕だけの秘密が増えるのか、と内心うんざりする。

それでも断ることはできず、黙って母の言葉の続きを待った。

『今のお父さんのこと、なんだけど』

今までとは打って変わって、暗闇の底から取り出してきたような声だった。

『お父さん、精神的にいろいろ問題があるみたいで』

「……」

『時々、暴力的になるの。茜の、昔のお父さんみたいに。茜や瞬にまで手を出されるのが怖くて、症状が出る度、二人で家を出た。でも、もうひどくて家には戻れない。本当に、ごめんね……』

母の声が、また湿っていく。

『言い訳にしか聞こえないよね……』

特にこれといった理由もなく、出ていったのだと、そう思っていた。僕らのことなんかどうでもよくて、だから黙って出ていくのだと、そう思っていた。

違った。

母は、僕らのことがどうでもよくなくて、自分のことよりどうでもよくなくて、父のこともどうでもよくなくて、

——母は、変わってなんかいなかった。瞬と出会う前の優しい母と、何一つ変わっていなかった。ただ、少し不器用なだけだった。

秋の匂いがした、気がした。母と並んで歩いた秋の道で吸い込んだ、あの秋の匂い。僕の大好きな秋の匂い。

何も言わずに僕らを置いていった母を許すつもりはない。これからも許す気にはなれないだろう。せめて、事情を説明してほしかった。すべてを隠してしまわずに、せめて、少しくらいは正直に打ち明けてほしかった。

だけど、今なら思える。この人が、僕の母親でよかったと。

「あのさ、お母さん」

久しぶりに呼んだ。最後に呼んだのは、いつだったか。

『うん』

「今日電話したのは、お母さんに、相談したいことがあったからなんだ」

こんなに素直に悩みを話すなんて、いつぶりだろう。

「泣いてる瞬に、僕ができることって、何かあるかな……」

少しだけ声が震えて、受話器をさらに強く握って、唇を噛んだ。

何も、ないと思えた。宮里に何もできなかったように、きっと、僕には何もできない。この電話は、そんな僕の諦めによってつながったものだった。

母は、しばらくしてから声を放った。

『あるでしょ』

予想外の言葉に、僕は一瞬言葉を詰まらせる。

『茜は、物事を複雑に考えすぎなんだって。昔からそうだね、変わんないね』

電話越しのくすくすという笑い声は、まだ少し湿っていた。

『瞬の好きなハンバーグでも無理やり食べさせてさ、余計なこと言わずに、抱きしめてあげればいいのに』

暖かな陽だまりに包まれたようなその声は、紛れもなく、母親のものだった。家族を大切に思ってくれていた、僕にとってたった一人の。

『茜なら大丈夫』

暖かすぎて、柔らかすぎて、優しすぎる言葉。宮里を失ってからずっと空いたままだった心の隙間が、塞がっていった気がした。

――ありがとう、お母さん。

小さくつぶやいた。

もうすぐ正午を迎える。学校のほうは四時間目の最中だ。時間を意識すると、今更ずる休みをしたことが現実味を帯びてくる。

昨日の夜から何も食べていない瞬のために、いつもより早めに昼食を準備する。食べていないのは僕も同じだけど、瞬が元気になってくれないと食欲が湧かない。昨日の食材の残りで、もう一度ハンバーグを作った。

手付かずの昨日の夕食をやむを得ず処分したことに罪悪感が生まれ、僕を埋め尽くす。もしかしたら、母もこんな気持ちだったのかもしれない。守りたいもののために、何かを犠牲にしなくてはならないという罪悪感。母は僕らを守るため、家族の時間を犠牲にした。何かを犠牲にしたのなら、その分、守りたいものを最後まで守りきらなければいけない。だから母は、僕らの元には戻ってこないと決めたのだろう。

僕は、瞬を守りきれるだろうか。僕が一番守りたい、守らなければならない存在を、最後まで。

寝室の扉の前で、瞬、と声をかけてみたが、当然のように返事はない。僕はハンバーグをのせた皿を持って、ゆっくりと部屋のドアを開けた。瞬はさっきと同じ体勢のまま、布団をかぶってこちらに背を向けている。

「瞬、お腹空いてない？」

布団の横に座り、ハンバーグを置く。ハンバーグの匂いにつられてか、瞬が少しだけ布団から顔を出した。

「あっくんは」

瞬の微かな声を一文字も聞き漏らさないよう、耳を傾ける。

「あっくんは、ご飯、食べた？」

こんなときでも僕のことを考えてくれる瞬は、優しすぎる。

「食べてないよ」

「じゃあ、あっくんが食べてよ。ぼくは、要らない」

それだけ言って、また布団にもぐろうとする。

駄目だ、このままじゃ、二の舞だ。

「瞬が食べてくれないと。……瞬が食べてくれないと、僕だって、食べる気になれないんだよ」

「……」

「お願い、食べて。冷める前に」

瞬はしばらくためらっていたけれど、僕が黙って待っていると、ごそごそと布団か

ら出てきてくれた。こんなときなのに、瞬はおいしそうに食べてくれた。ゆっくり咀嚼して、一つの濁りもない笑顔で、

「おいしい」

僕らの秘密が明かされる前と同じ台詞だ。母だけじゃない、瞬も何も変わっていない。

「あのね、あっくん」

一口目のハンバーグを飲み込んだ瞬が、箸を置いて僕を見つめる。その透明な瞳の中に、僕はちゃんと自分の姿を見つけることができた。

「実はね、嫌なことがあったんだ。裏切られたっていうか。ショックだった」

瞬の小さな口が紡ぎ出す文字の一つ一つは、今にも壊れそうなほど、薄くてもろい。

「クラスで一番仲のいい友達にね、ぼくとあっくんのこと、相談したんだ。誰にも言わないでって、そう言ってから話したんだけど……」

瞬の瞳は相変わらず透明で、この瞳もすぐに壊れてしまいそうだ。

「そのときは、聞いてくれた。『大変だね』って言ってくれた。でも次の日、クラスのみんながそれを知ってて……誰も、ぼくと話してくれなくなった」

「……そう」

瞬はただ傷ついていた。仲の良かった友達に怒るでもなくクラスメイトに怒るでも

なく、ただただ哀しんでいた。

瞬の瞳は、透明だ。それは多分、哀しみの涙の色だ。

「……瞬は、」

――余計なこと言わずに、抱きしめてあげればいいのに。

「瞬は、何も悪くないよ」

「……」

「だから」

僕は瞬に近寄る。

「僕は、何があっても瞬の味方でいる」

冷え切った心ごと温められるように、瞬を抱きしめた。決して壊れてしまうことのないように、そっと。

「……ありがとう、あっくん」

逃げる場所がないなら、僕が瞬のそれになればいい。本当の兄弟じゃなくたって、それくらいは許されるはずだ。

「もうちょっとだけ、学校休んでもいい？」

「わかった、いいよ」

子どもの瞬をずっと間近で見ていられるのは、もう僕しかいない。僕が瞬を、心に刻んでおかなければならない。瞬の味方が僕だけになったとしても、僕は、いつまでだって瞬を守る。そう決めた。

6

保育園児たちの騒がしさに驚いたが、その気持ちをなんとか抑え、僕はなるべく平気な顔をしてみる。

『発表会のことなんだけどね、当日だけじゃなくて、できれば前日の準備も手伝ってほしいんだって。ほかのみんな、用事あるみたいでさ、高遠くんお願いできるかな。私も一緒に行くから』

栗原部長に頼まれ、こうして保育園の遊戯室の隅に立っているわけだけど……。

「か、可愛い」

部長の声が明らかに弾んでいる。

おもちゃで無邪気に遊ぶ保育園児に目を輝かせている部長。この人と一緒に作業をするのは、かなり厳しそうだ。多分この人、園児に見とれて集中しない。

「ねえねえ、高遠くん、一緒に遊んできていいかな、先生が来るまで」

「……」

何と言うべきなのか決めかね戸惑っていると、部長は僕の返事なんて必要ないといった様子で、ままごとをしているグループに入っていってしまった。

「入ーれーて」

この人は本当に栗原先輩なのか。いつも部員をまとめている威厳はどこへ……。

もしかすると、このボランティアを引き受けたのは単なる部長の趣味なのではないかと思えてくる。僕が小さくため息をついたところで、園長先生が姿を見せた。

発表会では劇をやるらしい。園長先生の指示で、僕らは遊戯室にあるステージを飾りつけることになった。これが意外と大変で。

「ほら、高遠くん、早く」

段ボールと新聞紙で作られた二メートルほどの木は、持ち手がない上にバランスが取りづらい。しかも壊れやすいと注意を受け、慎重になるあまり、切り株を持ってついてきている部長に急かされてしまった。

「すみません」

「謝ってないで。急いで」

当たり前だけど、園児に話しかけていたときとはまるで別人だ。園児に見とれそうだと思っていたことが申し訳なくなるほどだった。慎重に急ぎながらなんとかステージの上まで運んで、先生に指定された位置に置くと、準備の様子を見ていた園児から歓声が上がった。聞き慣れない甲高い声に困惑しながらも、園児の笑顔が見られたことに喜びと達成感を感じながら、高くなった視界から遊戯室を眺めてみる。

ステージのすぐ側まで来て物珍しそうにこちらを見ている子が多い中、ステージが森の中の景色へと化していっても、自分の世界を壊すまいと頑なにおもちゃで遊び続けている子もいる。こんなに小さくても、ちゃんと個性はあるものなんだ、と妙に大人ぶったことを考えながら、もっと隅のほうも見渡してみた。片付け忘れか、おもちゃのニンジンが転がっているのが可愛らしい。

……あれ。

いささか異様に見える光景に、僕は視線を向けた。ほかの子より明らかに体の小さい女の子が、教室の隅の隅、本棚の陰に隠れるようにして座り込んでいた。その小さな手が開いているのは、女の子の胴体とそう変わらないほどの大きさの絵本。ページをめくると、肩のあたりで綺麗に切りそろえられた髪が、さらりと揺れる。

誰にも目をつけられないよう、息を潜め、気配を消しているように見えるその姿を、僕は「個性」なんて陳腐な言葉で片付けることができなかった。

時刻は五時を回っている。この時間まで園に残っているのは延長保育をお願いしているところの子だけなので、全クラスの園児がこの遊戯室に集められているという。だからこの子が何歳なのか、容易には予想できない。この女の子の幼い見た目と、一人で黙々と絵本を読む、という行為が、上手く結びつかなかった。

あの子は、一体……。

僕は我を忘れて、女の子に見入ってしまった。彼女は僕の視線に気が付く様子もない。

「高遠くん、何やってんの」

僕の肩をぽんと叩いた部長の声で、ようやく我に返る。

「まだまだいっぱい運ばなきゃいけないんだから。ぼうっとしてる暇ないよ」

「はい、すみません」

子どもに見とれて集中できないのは、いつの間にか僕になっていた。ちゃんと作業を進めている部長に申し訳ない。僕は罪の償いのつもりで、部長に急かされないように働いた。

舞台の準備が終わり、明日の発表会本番についての説明を受け、本日のボランティアは終了した。六時を過ぎる直前で、教室に残っている園児はごくわずかだ。最初は騒がしかった遊戯室も、人数が少なくなればそれだけ静かになる。先生たちもかなり疲れてきているようだ。子どものほうもそれを察しているのか、大人しく一人で遊んでいる子がほとんどだった。その中には、あの女の子もいた。よく見てみると、さっきと同じ絵本を読んでいる。一冊を読むのに時間がかかるのか、それとも同じ絵本を何回も読んでいるのか。

あの子のお迎え、いつ来るんだろう。

再びその女の子に見とれてしまっていると、部長に「高遠くんって、実はロリコンなの？」と小声で訊かれたので、はっきりと否定して、僕らは保育園を後にした。


恐る恐る、あの、と声をかける。女の子は絵本から顔を上げたが、僕を一瞥しただけで、すぐにまた絵本の世界へ戻っていってしまった。駄目か……。落ち込む僕のため息は、僕ら二人しかいない年少の教室にやけに大きく響いてしまった。

発表会当日。ほかの部員が外で保護者の車の誘導をしたり舞台裏で劇の手伝いをしたりしているのに、僕だけこの子と二人きりで過ごさなければならなくなったのには、少々理由がある。

まず、この子は今日の発表会には参加できないということ。全園児が一つの劇を創るのがこの発表会の魅力らしいけれど、この子だけは参加することができない。生まれつき体が弱いから。劇中、縄跳びやダンスを披露したりするらしいし、そもそもたくさんいる園児各々が大人しく役を演じるわけはないので、みんなと一緒に発表会に出るのはこの子にとっては大きな負担になるという。可哀そうな気もするが、それはこの子の両親の希望でもあるようだった。

そして、この気まずい状況に陥ったもう一つの原因は、部長の、わけのわからないお節介にある。

特に何もすることがないので、壁にくっつくようにして座って絵本を読んでいる女の子の左隣に、並んで座ってみた。

……違和感。

僕はもう一度、小さくため息を漏らした。今日はこのまま、この子に退屈な思いをさせてしまいかねない。

女の子の様子をぼんやりと眺め、そういえば、と思い当たる。この子が今日読んでいる絵本は、昨日読んでいたのと同じものだ。夕焼け色の表紙。横から覗いてみると、そこには実物よりも幾分か可愛らしく描かれた赤とんぼたちがいた。気のせいだけど、夕焼け空を飛ぶ赤とんぼからは秋の匂いがする。

「その絵本、好きなの？」

僕が唐突につぶやくと、女の子は驚いたように隣の僕に視線を向けた。大きくて黒目がちな瞳を、さらに大きく見開いて。そんなに驚くことだろうか。

「昨日も、読んでたよね。それ」

僕の言葉に、女の子はわずかにうなずいて、そして、少しだけ笑ったように見えた。

「……すき。とんぼさん」

紅い唇からその微かな声が漏れたとき、鳥肌が立った。

ずっと口を閉ざしていたこの子が放った声は、初めて聞いたはずなのに、どこか聞き覚えのある、甘い声。

僕は、ついに確信した。多分本当は、この子を見つけた瞬間から気づいていた。

「お兄ちゃんは、とんぼさん、すき？」

見れば見るほどそっくりな瞳に吸い込まれそうになりながらも、僕はできるだけ自然な笑顔になるよう意識して、

「好きだよ」

僕につられたように、彼女も笑ってくれた。

ああ、同じだ。何度も見た、この笑顔。色にするなら、間違いなく黄色の。

つい、聞いてみてしまいたくなる。——君のお姉ちゃんは今、どこにいるの、と。

「……お兄ちゃん」

控えめな口調で呼びかけられ、喉まで出かかっていた問いを呑み込む。……危ない。

あと一歩で、本当に聞いてしまうところだった。

「なに」

「これ、……読んでほしいの」

小さな声で、自信なさげに、不安げに。たった一言、それだけ。補足、説明、一切なし。これ以上は何も言う気はないといった様子で、女の子は口をつぐんだ。

人に頼まれたら、断れない僕。それは、昔からずっと変わらない。

「わかった、いいよ」

女の子はまた、彼女の姉にそっくりな黄色い笑顔で笑った。

――私の三歳の妹、病気がちであんまり外に出られないんだ。でも絵本で見て、赤とんぼをほしがるようになっちゃって。

間違いない。この子は、宮里の妹。もうこの世界にはいない宮里の、妹。

そう思うと、やはり聞いてしまいたくなる。

君のお姉ちゃんは、今、どこにいるの。

この子は、何と答えるだろう。

「あのね」

僕が絵本の最初のページを開き、タイトルを読みあげようと息を吸ったその瞬間。か細い声が、僕の鼓膜を震わせた。

「この絵本、おうちにもあるの」

「そう」

何かを察して、体が強ばる。彼女はそんな僕にかまうことなく、言葉を続けた。

「この絵本、だいすきだから、お姉ちゃんにね、読んでって、毎日、お願いしてたの」

「うん」

途切れ途切れでも、必死に言葉を紡ごうとする彼女がいじらしい。

「そしたらね、お姉ちゃん、『また?』って笑って、でも、絶対読んでくれて。入院したときね、元気になったら、また読んでくれるって、約束したの」

「……うん」

「なのにね」

黒い瞳が、哀しげに歪んだ。その奥に、宮里の影があるのがはっきり見える。

「元気になったのに、保育園にも来てるのに、お姉ちゃん、読んでくれないの。おうちにお姉ちゃんの写真が飾ってあって、お母さんに、『今はこれがお姉ちゃんだよ』って教えてもらったの」

「……うん」

お姉ちゃんの、写真……。

宮里の遺影を想像しかけ、慌ててそのイメージをかき消した。

「それで、写真のお姉ちゃんに、『絵本読んで』ってお願いしたよ。毎日ね、お願いした。でも、読んでくれないの。ずっと笑ってるだけなの」

「……そう」

この子はまだ、〝死〟を知らない。僕ばかりがそれを意識しすぎてはいけない。この子と同じ目線で、話さなければならない。何も不純物を混ぜてはいけない。そんな気がした。

「だから、写真のお姉ちゃんはね、偽者だと思うの。だって、お姉ちゃんが、絵本を読んでくれないことなんて、なかったもん。……ねえ、お兄ちゃん。本物のお姉ちゃんが、どこに行っちゃったか、知ってる？」

さっきまで自分が聞きたかったことを聞かれ、一瞬戸惑う。どう答えればいいのか。この子はきっと、ほかの色んな大人にも同じ質問をしたに違いない。その大人たちは、何と答えたのだろう。

――天国に行ったんだよ。

――お星さまになったんだよ。

どちらも宮里のイメージとは結びつかない。

そうだ、彼女なら、きっと――。

「知ってるよ」

答えを見つけた僕は言った。

「本当に？」

驚いて、喜んで、……いや、そんな言葉では表しきれないような、子どもにしかできない純粋で無垢な瞳を輝かせて、彼女は黄色い笑顔を浮かべた。

僕はその笑顔に、語りかけるように言った。本当は、自分に言い聞かせたかったのかもしれない。

「お姉ちゃんは、赤とんぼになったんだよ」

僕の脳裏に、あの日のピンクグレープフルーツ色の空と、宮里の最後の黄色い笑顔と、茜色の赤とんぼが過った。


「へえ。高遠くんって、意外と絵、上手いんだ」

「……意外と、って」

色鉛筆を動かしている途中、部室で部長に言われた言葉にやや傷つく。別に言うほど上手いわけでもないのだから、褒めてもらっただけで喜んでいいのかもしれないけど。

「だってさ、高遠くん、芸術的センス皆無です、って感じするじゃん」

「もうちょっとオブラートに包んで言ってもらってもいいですか」

部長の毒舌に悪意がないことはわかっているけれど、ストレートに受けるのはなかなかきつい。普通に傷つく。

『この前お手伝いさせてもらった保育園に、手作りの絵本を贈りたいです』

次のボランティアの内容を話し合っているとき、その意見を出したのは僕だった。僕が自分から意見を出すなんて、多分これが初めてだ。部長もそれに気が付いてか、すぐに了承してくれた。

……宮里の妹に、もう一度会いたかった。

「赤とんぼ」

部長がつぶやいた言葉に、ピクリと反応する。僕の絵本には、色ペンと色鉛筆で描いた何匹もの赤とんぼが飛んでいた。

「高遠くんってさ、なんか、赤とんぼっぽいよね」

「え？」

突然何を言い出すのだろう。ふざけているのかとも思ったけれど、部長はいたって真面目な顔をしていた。

「赤とんぼの習性とか、高遠くんの習性もわかんないけどさ」

「……」

「茜、って名前が、そもそも赤とんぼっぽいじゃん。で、高く遠く、秋を連れていく赤とんぼ。そんな感じがする。高遠くんは」

高く、遠く、……僕が、秋を連れていく赤とんぼ。

僕の頭の中で、一匹の赤とんぼが夕空に向かって飛び立っていった。

「高遠くんを無理やりボランティア部に入部させちゃったときさ、この人とんでもないお人好しだなって思ったのね」

何の話をしたいのかわからなかったけれど、部長の顔は、やっぱりいたって真面目だった。

「そんなお人好しな高遠くんは、ボランティア部に秋を連れてきてくれたんだと思ってるんだよね。暖かい春でも賑やかな夏でもなくて、大人しくて、穏やかで、優しい秋」

「……どういう意味ですか」

部長の言いたいことがさっぱりわからなかった。でも、何か大切なことを言ってくれた気がして、ちゃんと意味が知りたかった。

「ボランティア部にとって、高遠くんは必要不可欠だってことだよ。四季の中に秋がなかったら嫌でしょ?」

「……」

部長は得意げに笑っているけれど、やっぱりよくわからない。

「秋って短いよね。涼しくて気持ちいいのに」

——毎年思うけど、秋って短いよね。一番過ごしやすい季節なのに。

宮里とも、似たような会話をした。

「そうですね。……だから、すごく寂しい季節だと思います」

「そうだね、寂しいね、秋」

騒がしい夏の余韻と、静かな冬の予感を漂わせる秋は、多分、一年の中で一番寂しい。そんな秋の終わりにいなくなってしまったから、余計に寂しいんだろうか。

「来年もまた、赤とんぼたくさん来るかな」

独り言にも思える部長の言葉に、答えていいのかはかりかねて黙る。

きっと来るだろう。たくさんの赤とんぼが、秋を連れて。赤とんぼは毎年、ちゃんと戻ってくる。だけど宮里はもう、戻ってこない。

赤とんぼは戻ってくるのに。その赤とんぼと同じ季節にいなくなったのに。

7

玄関で靴を脱ぎながら、「ただいま」と声をかける。部屋の奥のほうで、小さく「おかえり」の声が聞こえてきた。完全には復活していない瞬に、どう対応すべきなのか未だに試行錯誤している。

瞬はあれから、一度も学校に行っていない。もうすぐ冬休みだ。長期休暇を挟んだら、余計に行きにくくなってしまうかもしれない。

今では食事をする時間が、唯一瞬と会話できる時間だ。とはいっても、ちょうどいい話題が見当たらない。これまでは、瞬が学校で起きたことなどを話してくれていた。学校に行かなくなった今は話すことがないらしく、沈黙が続く。

「……あのさ、瞬」

「うん」

「ボランティア部の活動で、絵本を作ってるんだ。出来上がったら、読んでくれる？」

「うん」

どんな話題を引っ張り出してみても、瞬は何の感情もない声色でしか答えない。それでも、部屋に引きこもっていたときよりはましだ。食べてくれるだけで充分。

今日のうちに絵本を完成させて瞬に読んでもらおうと思っていたが、それはできなかった。珍しく来客があったからだ。しかも、とても特別な。

晩ご飯の後片付けをしているときに、玄関のチャイムが鳴った。洗い物を中断してドアを開けると、三十代後半くらいの女性が立っていた。

僕の顔を見る前から言葉を決めていたように、ドアが開いた途端、その人は言った。

「瞬に、会いに来ました」と。

それ以上、その人は何も言わなかった。次の言葉を何も用意していなかったのかもしれない。不自然な間が続く。

「えっと……」

沈黙に耐え切れなくなって、僕がおずおずと口を開く。

「もしかしてあなたは、瞬のお母さん、ですか」

僕の予想はあっけなく外れた。その人は、静かに首を横に振った。

「瞬の母親は、私の姉です。その姉が、今入院していて、……一目でいいからもう一度だけ瞬に会いたいと、懇願しているんです」

その言葉が真実だと証明するものは何もない。でも、静かな瞳に映るのは、確かな決意。僕が何を言っても、この人は瞬に会うつもりだ。

「……わかりました」

僕はうなずいて、「瞬に聞いてきます」と部屋の中に戻る。人の頼みを断れない性質は、こんなときでも発動する。

もしかしたら、入院なんてしていないのかもしれない。そもそも、この人が本当の母親なのかもしれない。その可能性も考えられたし、今の瞬は誰にも会いたくないかもしれないけど、追い返すにしても瞬の意見を聞くべきだと思った。

「ぼくの、お母さんの妹」

僕が瞬に事情を説明すると、会いたいと即答した。瞬は、血のつながった家族を求めている。

玄関に戻って、瞬の叔母を部屋に招き入れた。席を外したほうがいいような気がして、瞬のいるリビングに叔母を案内しお茶を出した後、そこを出て寝室に入った。壁が薄いので、耳を澄ませば会話の内容は聞こえてしまう。これも、聞いてはいけないような気がした。

瞬に会って、あの人は何を言うつもりなのだろう。お母さんが会いたがってるから、一緒に病院に行こう、だろうか。そう言われて、瞬はどう言うだろう。もし迷っていたら、僕はどう言うべきなのだろう。何もわからないまま、ひたすら時間だけが過ぎた。

「あっくん」

その聞き慣れた声と同時に、扉が開く。隙間から、瞬が遠慮がちに顔を出した。

「あの人、もう帰るって」

「わかった。ありがとう」

僕は立ち上がり、部屋を出る。叔母から電話番号と住所、瞬の母が入院している病院の名前を聞いた。玄関で叔母を見送った後、瞬が何か言いたげにこちらを見ていた。

「あのさ、あっくん」

瞬は、後ろめたそうにうつむいた。

「あの人に、聞かれたんだ。学校、楽しい？　って」

瞬の口からこぼれ出る言葉は、圧倒的に空気より重くて、床に落ちて転がっていく。

「ぼく、嘘つけなくて。今は学校行けてないって答えたんだ。そしたら、……転校しよう、って。この家を出て、お母さんの家で暮らそうって。お母さんが退院したら、ぼくとお母さんと叔母さんの三人で、暮らそうって……」

「……そっか」

心の奥では、激しく動揺していた。僕に残された最後の家族が、とうとう僕の前からいなくなるかもしれないのだ。僕の母と瞬の父が姿を消したように。宮里が姿を消したように。

僕はいつも、取り残される。みんなが僕を、置いていく。

それでも、その動揺を顔に出さないよう意識する。瞬を不安にさせるだけだ。

「あっくんは、どう思う？　あっちに、行ったほうがいいのかな」

もう一度僕を見上げた不安そうな目の高さに合わせ、僕はしゃがみ込む。

「それは、瞬が決めることだよ。僕の意見なんてどうでもいい。絶対、瞬が決めたことに文句なんて言わないから」

瞬は神妙にうなずいて、

「ぼくがもしあっちに行くことになっても、またあっくんに会いに来ていい？」

瞬がそんなことを言うから、行かないで、と、少しだけ願ってしまった。

「わかった、いいよ。……待ってる」

僕は今できる精一杯の笑顔を作って、瞬に見せた。瞬は嬉しそうに顔をほころばせる。だけどそんな顔もすぐにふっと消えて、また不安げに僕を見つめた。

「あっくんも一緒に行くのって、駄目なのかな」

できるなら、僕だってそうしたい。瞬についていきたい。でも無理だ。

「お母さんや叔母さんから見たら僕は他人で、瞬にとっても本当は他人だから。僕は邪魔者だよ」

自分で言って、虚しくなる。邪魔者。そうか。だから僕は、みんなに置いていかれてしまうのか。


集まりの悪いボランティア部の部室で、部長が顔の前で手を合わせる。こうされると、いつも僕は対抗できない。

「お願い、できないかな」

だけど、今回は僕だって戸惑う。

「僕が、ですか」

「うん、高遠くんじゃなきゃダメなの。先生も高遠くん推しだから」

「でも」

「お願いします、高遠くん……」

先輩に敬語を使わせ、頭を下げさせてしまうという愚行を犯した僕には、断る権利なんてないような気がしてきてしまう。だから結局、

「わかり、ました」

引き受けてしまう。

「本当？　ありがとう。それじゃあ次期部長さん、仕事の説明するから、ちょっとこっち来て」

「あ、はい」

僕が、部長。

未だに受け止めきれない事実に混乱しながら、「そんなに大変じゃないから大丈夫」と言われた仕事たちの説明を受けていく。確かに、僕以外の二年生で毎回部活に顔を出す人はいないので、僕を選ぶのは妥当な判断なのかもしれない。

でも、僕なんて別に、ボランティア精神にあふれているわけでも、人をまとめられる能力があるわけでもない。ボランティア部、僕のせいで潰れるんじゃないだろうか……。

「そういえば、高遠くん、絵本作ってたよね。あれ、もうできた？」

一通りの仕事を説明し終わってから、部長は興味津々な様子で聞いてくる。

「はい。ちょうど昨日完成したので、今日中に保育園に持っていくつもりです」

そう言いながらも、頭の中には宮里の妹が浮かんでいた。

「そっか、すごいなあ。ありがとね、いってらっしゃい。高遠くんのお気に入りの女の子にも、読んでもらえるといいね」

「……えっ？」

さらっと言われた部長の台詞に、一瞬固まる。どうやら宮里の妹は、僕のお気に入りという設定になってしまったらしい。

「ていうか、その子のために作ったんでしょ。あの子、ずっと赤とんぼの本読んでたもんね」

「……」

微妙にずれているけれど、部長の言ったことはほぼ真実だ。この人にはすべて見透かされていたらしい。今更ながら、羞恥心に襲われた。

「絵本で告白とは、なかなかロマンチックだね。そうか、十三歳差か。うん、とりあえず頑張って。振られたら慰めてあげるから」

「いや、あの」

なぜか、微妙なずれがだんだん大きくなってしまっている。

「告白は、しないんですけど」

「え、しないの？　まあ、幼女相手にはそれくらい慎重なほうがいいかもね」

僕の惨敗は明らかだった。僕に、次期部長は厳しそうだ。


「あの、宮里さんの病室って」

緊張のせいなのか、焦っているせいなのか、僕が発した声はあまりにも情けなくぽとりとこぼれ落ちた。受付の女性は僕とは対照的で、落ち着いた様子で微笑んでいる。

「宮里、ゆめちゃんですか？」

聞かれて、一瞬頭が真っ白になった。すぐには宮里の妹の名前を思い出せなかったことで、「宮里の妹」としか思っていなかったことに気づかされる。

記憶の糸を切れないように手繰り寄せ、確かにそうだったと思い出す。思い出すまでに要した時間はきっとそんなに長くはなかっただろうけれど、僕が罪悪感で埋め尽くされるのには充分だった。

そうです、とかすれかけた声で答えると、病室の番号と場所を教えてくれた。

部活の後、絵本を渡すために保育園に向かったものの、そこに宮里の妹――ゆめちゃんはいなかった。つい先週から入院しているのだと、先生から聞いた。その途端、彼女のところに行かなければ、と思った。そしてその勢いのまま、ここに来た。

こんなことができたのは、ようやく、宮里のことにけじめをつける決意ができ始めたから。僕がお人好しを卒業したわけでも、成長したわけでもない。人は、そんなに簡単に成長しない。何かの錯覚で成長したように見えるときがあるけれど、根っこの部分は何も変わってない。それはわかっている。でも、初めて知ったこの気持ちを、無駄にしたくなかった。してはいけないと思った。

本格的な冬が始まるにつれて、宮里の夢を見ることは少なくなったし、黄色い笑顔の余韻も徐々に薄れてきた。ビデオでも撮っておいて定期的に見直したりしなければ、きっと宮里の面影は消えていく一方だ。そのうち、顔や名前もあやふやになってしまう日が来るかもしれない。たったひと秋の毎日が一生僕の心の中で輝き続けるなんて、不可能だ。

だから、……だから。

まだ稀に宮里の夢を見る今のうちに。

まだ黄色い笑顔の余韻が残っている今のうちに。

まだあの幼い声が耳の中で鳴り響いている今のうちに。

まだ僕の心から宮里の面影が消えていない今のうちに。

まだ、あまりにも短くて、だけどとても幸せな、あのたったひと秋の毎日の光が思い出せる、今のうちに。

　形にしよう。

　そう思った。

［宮里ゆめ様］

　小児病棟三階の、一番端の部屋。そこで、この名前を見つけた。

　――私、宮里ゆず。よろしくね。

　最後の一文字しか違わない、名前。

　――私の三歳の妹、病気がちであんまり外に出られないんだ。

　ゆめちゃんは、家と保育園と病院以外の世界を、知らないのかもしれない。

　――でも絵本で見て、赤とんぼをほしがるようになっちゃって。

　そんなゆめちゃんにとって、赤とんぼの絵本の中は、もう一つの世界のすべてだった。そのもう一つの世界と現実世界を結んでくれる人――絵本を読み聞かせてくれるお姉ちゃん、宮里はもういないとわかったとき、ゆめちゃんは、どれだけ寂しかっただろうか。

　握りしめた右手を、真っ白なドアに二回、軽く当てる。

「誰？」

無邪気なその声の持ち主に、そんな寂しさを味わわせるなんて、神様は残酷だ。

「ボランティアで保育園に行った、高遠です。お見舞いに来ました。……入っていいかな」

「お兄ちゃん？　いいよ」

がらがらと慎重に引き戸を開けて、目に飛び込んできたのは一面の白だった。雪の白さとは違う、無機質で、人工的な白。

「久しぶりだね、お兄ちゃん」

「うん」

細すぎる腕に点滴の針が刺さっていて、痛々しいチューブが伸びている。それでも、この子の笑顔が相変わらず黄色いことに、心底安心する。

誰かのお見舞いに来るなんて初めてで、言うべきことが見当たらない。僕は早速カバンの中から絵本を取り出した。

「これ、もしよかったら、読んでくれないかな」

「絵本？」

彼女はそっと受け取ってくれた。そして表紙の赤とんぼを見て、「とんぼさんだ」と顔をほころばせてくれた。

「お兄ちゃんが作ったの？」

「うん。下手だけど、許して」

目の前で読まれるのはさすがに気恥ずかしくて、表紙を開こうとしているゆめちゃんの前から立ち去ることにする。

「それじゃ、お大事に」

「ありがとう、お兄ちゃん。大切にするね」

黄色い笑顔が眩しくて、こんな顔が見られるのなら何度でも読んであげたくなる。宮里もきっと、こんな気持ちで妹に何度も同じ絵本を読み聞かせてあげていたんだろう。彼女がいなくなってからこんな気持ちを共有するなんて、不思議だった。

8

瞬がこの家を出ていくことが、正式に決まった。瞬の本当の家族がいる町に、引っ越す。僕の母にも、電話でそのことを伝えた。

大きなカバンに荷物をまとめる姿は、まるで旅行にでも行くみたいだ。来年はきっと修学旅行に行くだろう。そのときは、楽しみな気持ちだけで準備をしていてほしい。今は不安が勝っているように見えた。

準備が完了したところで、僕らは最後の晩餐として、ハンバーグを食べた。いつも通り、家庭科のレシピで。僕はずっと、教科書通りの料理しか作ってこなかった。そんな料理しか食べさせてあげられないことが申し訳なかったけれど、これからは違うだろう。

「おいしい。すっごく」

「ありがとう。でも、きっと向こうのお母さんの料理のほうがずっとおいしいよ」

瞬が以前と変わらず、大袈裟なくらいに褒めてくれたというのに、そんなことを言う僕は多分ひねくれている。そのせいだ、

「あっくんはさ、ぼくがいなくなっても、寂しくない？」

瞬に、そう思わせてしまったのは。

だから今日くらいは、本音を漏らすことを、許してほしい。

「……寂しくないわけ、ないよ」

瞬は、潤んだ瞳で僕を見ていた。

行かないで。

まだ、心のどこかではそう願っている。

「瞬がいなくなったら、僕は今度こそ本当に一人だから」

それを口にした途端に瞬の引っ越しが現実味を帯びてきて、「寂しいよ」と無意識に声があふれてきた。

「そっか、よかった。ぼくだけ寂しいのかと思ってた」

子犬のように人懐こい瞬のその笑顔が、次に僕に向けられるのは、一体いつになるだろう。

「向こうでも頑張って」

僕は、ありふれた言葉しか言ってあげられない。

「うん、頑張る」

瞬なら、絶対大丈夫だ。周りの人に愛される。誰にも、置いていかれないよ。


僕の一人暮らしが始まり、必然的に年越しも一人で迎えた。瞬から年賀状が届いて、ついこの間まで一緒に暮らしていたのに、と変な気分になる。

そして三学期が始まってすぐ、うちに小さな来客があった。

「あの、本当に、ごめんなさい」

玄関を開けるなりそう言われ、頭を下げられた。逆さまになった黒いランドセル。

瞬と同じくらいの背格好だけど、幼く見える瞬より、ずっとしっかり者に見えた。

「えっと、君は」

「瞬くんの友達……でした」

彼が頭を上げて答えた言葉に、違和感を覚える。

「瞬くんが学校に来られなくなったの、ぼくのせいです」

「えっ？」

とにかく話を聞き出そうと部屋に入れる。瞬の元友達にお茶を出し、ダイニングテーブルの椅子に座ってもらう。僕はその向かいに。

彼はお茶を一口飲んでから、後ろめたそうにうつむいたまま口を開いた。

「瞬くんに相談されたこと、ほかの子にも教えちゃったの、ぼくです」

「……そう」

——クラスで一番仲のいい友達にね、ぼくとあっくんのこと、相談したんだ。誰にも言わないでって、そう言ってから話したんだけど……そのときは、聞いてくれた。「大変だね」って言ってくれた。でも次の日、クラスのみんながそれを知ってて……誰も、ぼくと話してくれなくなった。

瞬の言葉が再生される。だけど、彼は本当に後悔しているように見えて、叱りつける気なんて微塵も生まれなかった。

「ぼくだけじゃ解決できないって、思っちゃったんです。だから、ほかの子にも相談して、どうしてあげたらいいかなって、考えたくて。そしたら、次の日にはもう広まっちゃってて、でもぼく、瞬くんに何て言ったらいいかわからなくて……ごめんなさい」

　何度も深く頭を下げるこの子を見ていると、心底瞬を心配してくれているのがわかる。優しさが、ちょっと空回りしてしまっただけなんだ、きっと。

　誰も瞬と話してくれなくなったのだって、その子たちも、対応の仕方をはかりかねていただけなのかもしれない。それも仕方ないだろう。

「わかった、いいよ。大丈夫。瞬が転校したのは、君のせいじゃないよ」

　確かに、相談されたことをほかの子にも言ってしまったことで、瞬がショックを受けたのは事実だ。でもそこに悪意はないようだし、転校の一番の理由は僕らの複雑な家庭の事情なのだ。彼をこんなにも後ろめたい気分にさせてしまうのは、可哀そうに思えた。

「瞬のこと本気で心配してくれたから、自分だけで抱えてちゃ駄目だって、思ったんだよね。ありがとう。瞬にもそうやって伝えておくから、もう、友達でした、なんて言わなくていいよ」

　優しい瞬なら、わかってくれる。

　彼は安心したように頰を緩めた。しっかり者ではあるけれど、瞬と同じくまだ幼い部分も垣間見える。

「お兄さんって、瞬くんにそっくりですね」

彼から発せられた想定外の言葉に、「え？」と聞き返した声が少し裏返る。

「だって、瞬くんもお兄さんもすごく優しいです。瞬くん、何でも笑って許してくれるんです。『わかった、いいよ』って」

——わかった、いいよ。

僕の口癖のようなもの。いつの間にか、瞬にも移ってしまっていたんだろうか。ずっと、似ていないと思っていた。血のつながっていない僕と瞬に、共通点なんてないと思っていた。……そんなことはなかったのかもしれない。一緒の家で一緒にご飯を食べて一緒に寝ている時点で、僕らはとっくに、家族になれていたのかもしれない。

「ありがとう。そう言ってくれたの、君が初めて」

瞬にそっくり。そう言ってもらえたことが、こんなにも嬉しい。僕らが一緒に過ごした時間を、認めてもらえたようだった。

それから彼は、なぜか僕に何度もお礼を言った。そして瞬の住所を聞き、僕の密かな作りかけの絵本を発見して、「すごい」と褒めてくれた。ゆめちゃんのための絵本を作ってから、また作りたくなってしまったのだった。

彼を見送って部屋に戻ると、また一人になった部屋がやけに寂しく感じられた。そんなときに、絵本の制作に取り掛かる。こうしていると、孤独を忘れられる。

冬休み明けの最初の部活で、ボランティア部に手紙が届いていた。

可愛い赤とんぼのイラストと、〈すっかり気に入ったみたいで、何度も読んでいます。どうもありがとう。〉という美しい文字。

「これは進展だね」

手紙を覗き込んできた栗原先輩に、誤解たっぷりの言葉をかけられる。この時期になっても部活に顔を出す先輩に、受験生という自覚があるのかどうかは知らない。

「だから、そういうのじゃ……」

とはいえ、この手紙が嬉しかったことに変わりはないわけで。今制作中の絵本を、また彼女のところに届けようと思った。

絵本が出来上がったころにはゆめちゃんはめでたく退院していて、僕のプレゼントは保育園の絵本コーナーに入れてもらえることになった。

ボランティア部の活動という名目でやっていた絵本制作は、知らぬ間に僕の一番の楽しみになっていき、

「もう高遠くん、うちの絵本作家だよね」

笑いながら、先輩にそんなことを言われた。

その後も何度か保育園でボランティア活動をさせてもらう機会があった。その度にゆめちゃんが声をかけてくれて、僕は嬉しかった。

瞬は時々こっちに帰ってきて、ハンバーグを食べながら向こうでの生活を教えてくれた。明るい瞬には、すぐに新しい友達ができたらしい。よかった。

瞬が戻ってからお母さんの体調もどんどんよくなって、今まで離れていた時間を取り戻すように毎日を過ごしているという。

僕からは約束通り、ここに来た友達のことを伝えた。

「そっか、そうだったんだ。ぼくが勝手に裏切られたって思っちゃってただけなんだ」

ほっとしたように笑って、

「この前手紙が届いてたから、返事書こうかな」

瞬も新たな日常を手に入れ始めているようだった。

僕が一番大切にしてきた瞬は、あっという間に僕の前から離れていってしまったけれど、瞬を大切にしてくれる人はたくさんいる。僕はこの家から、今までと変わらず瞬を応援し続けよう。

「ねえ、高遠くん。もしかして、こういうの興味ない？」

どこで見つけたのか、興奮気味に先輩が持ってきたチラシには『高校生絵本コンテスト』の文字があった。

「最近絵本作りにはまってるみたいだから、やってみたらどうかなって」

正直、自分の作る絵本に自信なんて一欠片もない。ゆめちゃんが「ありがとう」と笑ってくれる、そのためだけに作っているようなものだ。だけど、

「やってみます」

強い意志のもと、僕は言った。

大切な人がみんな僕の前からいなくなって、今僕がすがれるのは絵本の制作。僕がすがるその細い細い糸が、もしゆめちゃん以外の人にも認めてもらえたら。僕は今より少しくらい、強く生きていけるような気がした。

宮里は、僕の決意を応援してくれるだろうか。それを確認するためか、日曜日の募金活動の帰り、僕はいつものバス停では降りなかった。

――宮里。

僕は心の中で、見えない宮里に向かって声をかける。

――堤防に行こう。赤とんぼはいないけど。

あのバス停で降りて、僕は迷いなく堤防までの道を歩く。秋ならば赤とんぼがたくさんいる場所。僕が、生きた宮里と最後に言葉を交わした場所。あの日以来、一度も

訪れていなかった場所。

僕はこの場所で、

――お姉ちゃんは、赤とんぼになったんだよ。

宮里の幻と、別れよう。


冬の匂いを運んでくる風が、冷たい。もちろん、秋の匂いなんて微塵も残っていない。それに今は夕方ですらない。

赤とんぼはいないし、ピンクグレープフルーツ色の空もない。

僕らの季節はもう、とっくに終わっている。

あのときと同じ場所に来ても、あのときと同じ景色はない。

それを強制的に自覚させる。

僕は一度目を強くつぶって、開けた。幻の宮里はどこにもいない。

秋は終わった。今は冬だ。

だけど冬の次には暖かい春が来て、賑やかな夏が来て、そしてまた大好きな秋が来る。僕らの秋が来る。そこに宮里はいないけれど、赤とんぼはたくさんいる。

僕が出会うべきなのは、幻の宮里じゃなくて、赤とんぼの宮里だ。

赤とんぼが飛ぶ季節、僕らはきっとまた会える。

――会えるよ。

僕の大切な人たちをモデルにした赤とんぼ。僕の絵本の中で、その赤とんぼたちは生きる。

「お兄ちゃん」

ゆめちゃんが僕を呼んだ。

絵本の中でも、夢の中でもない、現実の世界で。

「お兄ちゃんの絵本、面白いから、絵本作る人になってよ。もっといっぱいの人に読んでもらえるよ」

お姉ちゃんにそっくりな、無茶なお願い。僕は少し頬を緩める。つられたのか、ゆめちゃんも黄色い笑顔を浮かべた。

僕は相変わらず、断り方を知らない。

「わかった、いいよ」

思い出のハンバーグ

1

数学の問題に首をかしげても、助けてくれる人はいなかった。この部屋にいるのはぼくだけだ。そろそろ休憩しようと、シャーペンを机に置いて畳に寝転がる。

中二の数学は去年に増して難しい。小学生のころから算数が苦手だったから、今更できるようになるはずもない。

勉強のことを考えるのに疲れてきて、座布団を枕代わりに目を閉じ、耳を澄ます。静かな一軒家だ。この辺りに高い建物はなく、緑に囲まれている、のんびりとした時間が流れるところ。

いつもは虫の声くらいしか聞こえないのに、ぼくは窓の外から、シャワーのような音を聞いた。弱い雨が降り始めていた。

雨音に身を委ねてうとうとしていたのだけど、二階のベランダに洗濯物が干してあることを思い出して、慌てて起き上がる。静かな雨だから、まだ誰も気づいていないかもしれない。今のうちに取り込まないと。

湿気のせいかぎしぎし鳴る木の階段を上り、ベランダがある部屋の扉を引く。そこにはすでに、見慣れた背中があった。

「ごめん、もうほとんど入れちゃった」

湿ったTシャツを両手に抱えた叔母さんが、ぼくを振り向く。アイロン台が出してあるから、ここでアイロンをかけているときに降ってきたようだ。敵うはずがない。

「一歩遅かったね」

「下から急いで来てくれたんでしょ。それだけで充分」

そう言われたけれど、ぼくも一緒になって残り少ない洗濯物を取り込む。

わざわざベランダに出なくても、窓の縁から腕を伸ばせば一番奥のタオルまで届くようになった。三年前、この家に来たばかりのころは、今の半分くらいまでしか届かなかった。

「ありがとう、瞬」

叔母さんにうなずいて、窓を閉める。小さな雨粒が、窓を濡らす。

「最近、雨多いよね。こういう弱い雨」

「そうだね、今年は秋雨前線が頑張りすぎてるみたいだから」

困ったように叔母さんはそう言って、水滴の付いた窓越しに、雨空を見上げた。憂鬱そうな灰色の空は、どんよりとして重たい。

「お母さん、夜ご飯できたって」

オレンジ色の柔らかな電気だけが灯る部屋に声をかけると、うん、とかすれた返事が聞こえた。

「起きられる?」

「うん、大丈夫」

お母さんはゆっくりと体を起こす。よかった、今日は起きられるみたいだ。

「今日、ハンバーグだよ」

「そっか。よかったね」

薄暗い電気の下でもよくわかるくらい、ぼくに優しく笑いかける。お母さんのこの笑顔を見る度、ぼくのことを大切に思ってくれているとわかる。

二人で台所へ向かうと、叔母さんは手慣れた様子でハンバーグを盛りつけていた。出来上がった料理を食卓に並べる。

「いただきます」

夕飯でいっぱいの小さな座卓を三人で囲み、手を合わせた。ぼくとお母さんと叔母さん。この三人で、家族は全部だ。

ハンバーグからはゆらゆらと白い湯気が立ち上っていて、食欲をそそる。真っ先に手を付けたら、やっぱり今日もおいしかった。

「おいしい」

いつものことなのに、毎回口にしてしまう。

叔母さんが、安心と不安の入り混じった顔で聞いてきた。

「今日のハンバーグ、ちょっと味薄くない？」

「大丈夫。おいしいよ」

叔母さんはいつも目分量で調味料を入れるから、毎回微妙に味が違う。でも、毎回おいしい。

そんな叔母さんとは対照的に、家庭科のレシピ通りに量っていた人を思い出す。あの家ではダイニングテーブルで宿題をしていたから、キッチンで夜ご飯を作るあっくんの背中をいつも見ていた。あっくんはいつも、律義に丁寧に料理を作っていた。

叔母さんのハンバーグはおいしいけれど、食べていると、あっくんが料理をする姿を思い出してしまうことがあって、会いたくなってしまって、少し困る。

あっくんとは今でも連絡を取っている。でも、電話で話すだけだ。中学生になってからは、一度も会いに行っていない。

「うん、おいしい。これくらいのほうが、健康的でいいかも」

ハンバーグを口にしたお母さんが、叔母さんに笑いかけた。

こうしていると、お母さんはどこにも問題がないように見える。ぼくがそう信じたいだけかもしれない。

この家の家事をやってくれているのは、主に叔母さんだ。叔母さんは、家事に加えて内職もやっている。お母さんを一人にすることになるから、外に働きに出るのは難しい。

お母さんは、叔母さんを手伝って家事や内職をする日もあれば、丸一日寝ている日もある。誤解されることも多いけれど、怠けているわけじゃない。これでも、前よりはずっと良くなったほうだ。

ごちそうさまと手を合わせて、食器を台所に持っていく。二人はのんびりと話しながら食べている途中だったので、自分の分だけ先に洗っておいた。

自室に戻って、宿題の続きに取り掛かる。この部屋は、ぼくが来る前は物置に使われていたらしい。今はぼく一人の部屋だから、宿題をするのも寝るのも一人。最初のうちは贅沢なことをしているような気にもなっていたけれど、最近はただ寂しいだけだ。

一人で考えてもわからない問題は仕方がないので、赤ペンで解答を写す。少しでも自力で解いたほうがためになると理解していても、静かで広いだけの部屋は、勉強に集中させてくれなかった。

小学生のころは、わからない問題があれば、あっくんに教えてもらうことができた。でも、今はその相手がいない。叔母さんもお母さんも、ぼくに勉強を教えている暇なんてない。

ぼくはあっくんに甘えすぎていた。こうして離れたところに住んでいると、痛感する。ぼくのたった一人のお兄ちゃんで、本当はお兄ちゃんじゃない人に、頼りすぎていた。

幼いころ、ぼくはあっくんに距離を置かれていた。ぼくとはほとんど話してくれなかったから、嫌われているんだと思った。保育園の友達が兄弟と遊ぶ姿が羨ましかった。どうしてぼくは嫌われてしまったんだろうと、それがわからなくて、わからないからこそ、悲しかった。

それでも、これ以上嫌われるのはもっと嫌で、自分から無理に話しかけたりはしなかった。代わりにお母さんやお父さんが遊んでくれるから、これで充分だと言い聞かせた。一人っ子の友達だってたくさんいる。

でも、保育園を卒園したころ、両親の帰りがあまりに遅い日があった。帰ってこない、という認識は、まだなかった。夜になっても二人が姿を現すことはなくて、不安だったけれど、いつか帰ってくるものだと思っていた。

あっくんと二人残された部屋は、静かだった。今日も話してくれないのだろうと思いつつあっくんを探すと、あっくんはキッチンで、一人黙々と夜ご飯を作っていた。

出来上がったとき、あっくんがぼくを呼んでくれた。

「瞬」

どこか緊張している一方で温かいその声に、心がふわりと浮き立ったのを、今でも覚えている。名前を呼んでもらったのは、多分そのときが初めてだったから。

それに、作ってくれたのはハンバーグだった。形はいびつでも、紛れもない、ぼくの好きなハンバーグ。

ぼくは、嫌われてなかったんだ。

その日は、それがわかっただけで嬉しかった。どうして今まで距離を取られていたのかとか、どうしてお母さんたちは帰ってこないのかとか、そんなことは大したことではないような気がした。あっくんはちゃんと優しくて、ちゃんと、ぼくのことを見てくれていた。

それからも、両親が帰ってこない日は何度かあったけれど、あっくんがいてくれたおかげで寂しくはなかった。どんどん上手くなっていくあっくんの料理を食べるのが好きだったし、あっくんは家族の中で一番、丁寧に勉強を教えてくれた。

両親が帰ってこない度、もう二度と戻ってこないんじゃないかと不安になったけれど、あっくんは変わらずおいしい夜ご飯を作ってくれた。あっくんだけは、どこにも行かずにぼくの側にいてくれる。そう思えば安心できた。

どうして帰ってこないのか、ぼくも両親に聞きたかったけれど、あっくんが二人を問い詰めていることを知っていた。あっくんの問いに、二人が何も答えようとしないのも。そんな三人を見ていたら、知らないままでいいと思い始めていた。誰にも、悲しい顔をしてほしくなかった。あっくんに問われて困ったように目を逸らす両親の顔も、答えてくれない両親に失望するあっくんの顔も、どれも見たくなかった。

せめてぼくだけは、何も気にしていないふりをして笑顔でいようと決めた。ぼくが笑うと、家族も笑顔になってくれる。本当に何もないのならいいけれど、そうじゃないみたいだから、ぼくは何も聞かずに、何も余計なことをしないでいようと、そう決めて過ごした。

そのうちに、いつしか本当に何でもないと思えてきた。ぼく一人だけ置いていかれるわけじゃない。同じ家にはあっくんがいる。だから、大丈夫。

ついに二人がまったく帰ってこなくなっても、ぼくらの生活はそんなに変わらなかった。ぼくが「おいしいよ」と言って笑えば、あっくんも笑顔になってくれる。そんな生活だって、全然悪くない。

でも、その生活も終わってしまった。終わってから、もうすぐ三年が経つ。ぼくは中学二年生になって、あっくんは大学二年生になった。

それなのに、ぼくはあのころから成長していない。体だけ大きくなったけれど、中身は小学生のまま止まっている。

昔のことを思い出したら、やっぱりあっくんと話したくなってきて、宿題もそこそこに、玄関脇にある固定電話に向かった。

あっくんの携帯の番号は指が覚えている。大学に入学する前に、あっくんが初めて買った携帯だ。いつでもすぐに出てくれるから、何度でもかけたくなってしまう。

呼び出し音が途切れると、『もしもし』と聞き慣れた声が聞こえた。途端に安心する。この優しい声。どこにも行かずに、ぼくの側にいてくれた人の声。

「もしもし、ぼくだよ。今忙しくない？」

『大丈夫だよ』

あっくんは、自分からはあまり話さない。ぼくが一方的に話すことを、優しく聞いていてくれる。それが嬉しくて、いつもぼくばかり何でもないことを話してしまう。

「今日の夜ご飯ね、ハンバーグだったんだ」

『そうなんだ。おいしかった？』

「うん、とっても」

そう言いながら、あっくんのハンバーグも食べたい、と思っている。あっくんが作る、教科書通りの律義で丁寧なハンバーグが、また食べたい。

そんなわがままな気持ちを押し込めて、質問を投げかける。

「あっくんは、何食べた？」

『今日はまだだよ。これからコンビニでも寄って、何か買って行こうかと思ってるところ』

この前もコンビニだと言っていた。最近はあまり料理をしていないみたいだ。もったいない。あっくんの料理は、あんなにおいしいのに。

「じゃあ、まだ外なんだ。やっぱり忙しかった？」

『ううん、さっきまで大学にいたんだ。先輩に頼まれてた資料作り、なかなか終わらなくて』

「そっか。お疲れ様」

あっくんは優しいから、そんな面倒そうなことも引き受けてしまう。あっくんも、ぼくと同じで全然変わってない。そう思ったら、成長できない自分を少しだけ許せるような気がした。

「あのね、あっくん」

『うん』

「今日電話したのはね」

受話器の向こうで、あっくんは静かにぼくの言葉の続きを待ってくれている。だから、するりと本音が漏れる。

「……やっぱりちょっと、寂しいんだ」

『そっか』

あっくんの声は優しい。

『大丈夫だよ。寂しいのは、いつか慣れるよ』

「うん……」

そんな風に言えるのは、あっくんが大人だからだ。ぼくはまだ子どもだから、全然慣れない。あっくんはとっくに、ぼくのいない生活に慣れているのに。

その証拠に、あっくんのほうから電話がかかってきたことはない。ぼくからかけてばかりだ。

少しでも寂しさを紛らせたくて、お願いする。

「あっくんの絵本、またこっちに送ってよ。読みたい」

『わかった、いいよ。今作ってるのができるまで、もうちょっと待ってて』

「ありがとう。楽しみにしてるね」

ぼくがあっくんのところを離れる少し前から、あっくんは絵本を作っている。最初はボランティア部の活動のためのはずだったけれど、今でも作り続けている。あっくんの作る絵本が、ぼくは好きだ。

そろそろ電話を切ろうと、「それじゃあね」と声をかける。

『うん、またいつでもかけてきてね』

そう返ってきて、心底ほっとした。

受話器を置いて、ぼくとあっくんをつなぐものが途切れると、今すぐにでもかけ直したくなる衝動に駆られる。本当にそうしたことも、何回かある。

自分の部屋に戻る前に、食卓を覗いた。二人とも食べ終わっていて、台所に並んで洗い物をしている。形の似た二つの背中に近づくと、ぼくの気配に気づいたらしく、食器の泡を洗い流していた叔母さんが、ぼくを振り向いて微笑んだ。

「茜くんと電話してたの？」

「うん。また絵本送ってくれるって」

「それはよかった」

叔母さんからすすいだ食器を受け取って、ぼくが乾いた布で拭いていく。

「茜くん、優しいよね」

食器をぼくに渡しながら、叔母さんが笑う。

「本当にね」

お母さんもうなずいた。

この家で、あっくんという存在は不思議なところに位置している。叔母さんがあっくんに会ったのは数えるほどで、お母さんに至っては一度も会ったことがない。それでも二人は、家族でも友達でもないあっくんのことを、ぼくの大切な存在だと認めてくれている。

　あっくんと離れることになって、不安でいっぱいのぼくがここに来たとき、二人は喜んで迎えてくれた。来てよかったのだと思えた。ぼくがいるべき場所はここだと、ちゃんとわかっている。わかっているから、ここに来た。間違っているとは思わない。後悔もしていない。でも……。

「ねえ、瞬」

　叔母さんの後ろから、お母さんの穏やかな声が届いた。

「茜くんのところ、戻りたい？」

「……」

「最近、よく電話してるから」

　お母さんの優しい目が、ぼくを見つめる。小さくうなずいた。

「私ね、最初は本当に一目だけでよかったの。もう一度だけ瞬に会えたら、それでよかった。こんなに大きくなったんだって、それだけわかったら、また元の生活に戻ってもらうつもりだった」

　でも今、ぼくはここで暮らしている。叔母さんがぼくを訪ねてきたとき、ぼくが学校に行けていなかったからだ。不登校のままであっくんに心配をかけるよりは、こっちに来たほうがいいと思った。血のつながった本当の家族との生活も、してみたかった。

「だからね、こうして瞬が同じ家にいてくれるのは、夢みたいなことなの。もう充分すぎるくらい嬉しいの。ねえ、だからね」

叔母さんがすすぎを終えて、水を止めた。静かになった台所に、お母さんの声だけが優しく響く。

「戻ってもいいよ、瞬」

最後の一枚を拭き終え、ぼくはそれを食器棚にしまった。お母さんの言葉が、時間をかけてぼくの心に沁み込んでいく。

あっくんのところに戻る。それは、甘い誘いだった。

ぼくはまたあの街に戻って、あのアパートのあの部屋に戻って、同じ部屋にはあっくんがいて、あっくんの夜ご飯を食べて、宿題を教えてもらって、一緒に寝て、起きて、それで――。

「大丈夫」

なるべくはっきりした声になるよう意識して、答えた。自分に言い聞かせるように。

お母さんと叔母さんのほうを見る。

「ぼくが自分で決めたんだ、こっちで暮らすって。だから、ここで頑張るよ」

ここに来ると決めたのは、ぼく自身だ。誰もぼくの決断に反対しなかった。だから、それが正しい選択のはずだ。

「瞬は強いね」

お母さんの言葉に、そうありたいと思ってうなずいた。

2

次の日は、朝から霧のような雨が降っていた。ほとんど気にならない程度なので、合羽を着ずに自転車に乗る。学校までは三十分もかからないから、少しくらい濡れてもすぐに乾く。

雨が降っているせいか、人気のない町がいっそう静かだった。一つも信号のない道を、自転車で走る。お母さんの体調がいい日に、二人で街の自転車屋に行って、買ってもらったものだ。

お母さんは少し心が弱いらしい。安定しているときは大丈夫だけど、そうじゃないときは体が重くて起きていられない。

そんなお母さんが離婚した数年後に叔母さんも旦那さんと別れて、これからは二人で一緒に住もうと決めた。お母さんの心が安定するような、静かな町で生活しようと。

そうして住み始めたのが、この町だ。空き家はたくさんあったから、住む家はすぐに見つかったという。その家で、今は三人で暮らしている。

静かな町を目覚めさせるかのように、背後で自転車のベルが鳴った。相変わらずの猛スピードで、ぼくの脇を通り過ぎていく。

「瞬、おはよ」

あっという間に小さくなっていく背中に、「おはよう」と挨拶を返した。ちゃんと届いたようで、拓実《たくみ》くんが片手を上げる。

陸上部の拓実くんは、走りだけじゃなく自転車を漕ぐのも速い。到底追い付けそうにないのに、ぼくは拓実くんを追いかけて急いで自転車を漕いだ。

陸上部と言っても、かけっこの延長みたいなものだ。うちの学校は生徒数が少ないから、それに比例して部活数も少なく、どの部活もそんなに強くない。街の中学はどこも夜遅くまで練習に励んでいるようで、そりゃ強いよな、と思う。

ぼくが所属する美術部だって、落書きの延長だ。どこかのコンクールに出品することはほとんどなく、みんなが好きな絵を好きなように描いているだけだ。

のんびりとしたこの学校の雰囲気が、ぼくはすっかり好きになっていた。小学校入学から中学卒業まで、どの学年も一クラスずつしかなく、同級生の絆は深いはずだったけれど、転校生のぼくもすぐに仲間に入れてもらえた。どうして越してきたのと当然のことを聞かれて、言葉に詰まったぼくに、それ以上何も聞かないでおいてくれた。

静かな町で、優しい町だった。

もう望むものはないはずなのに、ぼくは、この町にはいないあっくんを追いかけている。絵なんて描けないくせに、美術部に入ったりして。


「どうにも下手くそだね」

美術室に飾ってあるぼくの絵を見つけた拓実くんは、そう言って笑いをこらえている。

「一人だけ、小学生の絵が飾ってあるみたい」

「やっぱりそうだよね……」

美術の授業のために移動した美術室には、美術部が描いた絵が無差別に飾られている。ほかの美術部員と比べると、ぼくの絵だけレベルが低いのが明らかだった。

「ねえ、瞬ってなんで美術部にしたの」

「……なんでだろう」

拓実くんに言えるような理由は見当たらなかった。美術部に入ったからって、あっくんみたいに絵本が描けるわけじゃない。どうしてこんなにすがってしまうのだろう。

「陸上部、来なよ。走るだけでいいし、楽しいよ」

「うん……どうしようかな」

曖昧に返事をしながら、それぞれの席に着いた。

陸上部か、とぼんやり考える。実際、運動は嫌いじゃない。少なくとも、下手な絵を描き続けるよりは。

拓実くんと同じ部活なら、それでいいかもしれない。


朝から降り続いていた弱い雨は、放課後にはかろうじて止んでいた。二階の美術室から見えるのは、重い灰色をした雲と、いくつか水溜まりのできた運動場くらいだ。見ているだけで気が沈みそうになる景色から視線を逸らし、真っ白な画用紙に目を戻す。

真っ白なまま、ずっと何も描けずにいる。何枚も下手くそな絵を描いていたら、何を描いていいのかわからなくなってきた。

難しく考えずに、好きなものを、好きなように描けばいい。顧問の先生にはそう言われていたけれど、それが難しい。ぼくは、絵を描くのが好きで美術部に入ったわけじゃない。

一応鉛筆を持ってみても、何を描くべきかわからなくて、何も描かないまま机に戻す。

そうしているうちに、窓の外では、また静かな雨が降り始めた。運動場のトラックを走っていた陸上部員は、雨にかまわず走り続けている。その中に、拓実くんの姿を見つけた。「楽しいよ」と言っていた通りの笑顔だ。

その笑顔を描いてみようかとも思ったけれど、ぼくには上手く描ける気がしない。何も描けないまま、部活の終わりを告げるチャイムが鳴った。

自転車で校門を出たら、生徒たちが出てくるのを待ち構えていたかのように雨が強くなってきた。だんだんと勢いを増してくる雨の中、急いで自転車を漕いでいると、ぼくを呼ぶ声がした。振り向く前に、拓実くんの自転車がぼくに並ぶ。

「瞬も合羽ないの？」

「うん、家に置いてきちゃった」

「じゃあ急ごう。これからひどくなるよ」

うなずいたのはいいけれど、拓実くんのスピードには立ち漕ぎをしても追い付けない。拓実くんはぼくを気にして、時々振り返ってはスピードを落としてくれる。

降り注ぐ雨は大粒になってきて、制服越しにぶつかる雨粒が痛いくらいだ。拓実くんの家ならもうすぐ着くけれど、ぼくの家はまだ先にある。このままだと、家に着くころにはびしょ濡れになっているに違いない。

また拓実くんがぼくを呼んだ気がしたけれど、雨音に遮られて、よく聞こえなかった。視界も悪い。徐々に近づいていくと、拓実くんが自分の家の前で自転車を下りていることに気が付いた。

「俺の家で雨宿りしたほうがいいよ。とりあえず中入ろう」

お言葉に甘えて、拓実くんの家に入れてもらう。玄関の扉を閉めると、激しく響いていた雨音がやっと静かになった。

「ただいま」

拓実くんの声を聞いて真っ先に飛び出してきたのは、小学生にも満たないくらいの小さな男の子と女の子だった。二人揃って拓実くんに抱きついて、「冷たぁい」と文句を言っている。だけど、二人とも離れようとしない。

「やめろって。二人も濡れるぞ」

口ではそう言っていても、拓実くんもそんなに嫌がっているようには見えなかった。仲のいいきょうだいだ。ぼくとあっくんもそう見えていたんだとしたら、嬉しい。

「おかえり、拓実」

一歩遅れて、拓実くんのお母さんが顔を出した。小学生のとき、授業参観や運動会で何度か会ったことがある。

「お邪魔します」と頭を下げたら、「瞬くんだよね」と微笑んだ。名前を覚えてくれずいた。

「瞬もしばらくここにいていいよね。外、雨すごいから」

弟たちの頭をくしゃくしゃと撫でながら、拓実くんが言う。お母さんはすぐにうなずいた。

「止むまではここにいたほうがいいよ」

「ありがとうございます」

「あ、家に電話入れる？　お家の人、心配するといけないし」

貸してもらったタオルで髪と身体を拭いてから、リビングにある電話も貸してもらう。電話番号を押そうとしたところで、「そうだ」と拓実くんのお母さんが口を開いた。

「もうすぐご飯できるんだけど、一緒に食べない？　ちょっと作りすぎちゃって」

さすがに遠慮しようと思ったけれど、台所からはいい匂いが漂ってきていて、食欲に勝てずにうなずいてしまった。

家の番号を押すと、間もなくして呼び出し音が鳴り始める。

拓実くんはシャワーを浴びに行った。お母さんは晩ご飯の支度を再開した。弟と妹は仲良くおもちゃで遊んでいる。みんなが別々のことをしていても、この家族は、どこかつながっている感じがする。

ガチャリと音がして、ぼくも、ぼくの家族とつながった。

『もしもし』

電話に出たのは叔母さんだ。

「もしもし、瞬だよ」

電話の相手がぼくだと知った叔母さんは、『ああ、瞬』と余所行きの声を緩めた。

『雨、大丈夫？　どこからかけてるの？』

「大丈夫。拓実くんの家で雨宿りさせてもらってる」

帰るのが遅くなることと、夜ご飯を食べさせてもらうことを伝えて、電話を切る。

「お母さんと仲いいんだね」

電話を聞いていたらしい拓実くんのお母さんが、ご飯をよそいながら言った。

お母さんじゃなく叔母さんだとは、わざわざ訂正する必要もないだろう。そうですね、と答えておく。実際、叔母さんやお母さんと喧嘩をしたことは一度もなかった。

「拓実なんて、電話だともっとぶっきらぼうだよ。まあ、普段もそうだけど」

「そうなんですか」

どうしてそんな風に話せるんだろう。家族に嫌われるかもしれないことは、ぼくにはできない。

誰も傷つけたくなかったし、誰にも傷つけられたくなかった。

「機会があったら、拓実に言っておいてよ。お母さんには優しくしたほうがいいって」

「言っておきます」

うなずくと、お母さんも笑ってうなずいた。

拓実くんがシャワーを浴び終えたところで、みんなで食卓を囲んだ。お父さんは仕事に出ているため、もう少し後に帰ってくるらしい。お父さんの場所に座らせてもらい、ぼくも手を合わせた。

ぼくには母親みたいな人が三人いる。お母さんと、叔母さんと、あっくんのお母さん。でも、父親は一人だけだ。どこかに行ってしまったその人と、今のお母さんから、ぼくは産まれた。そう理解していても、二人が一緒にいるところは見たことがない。何度試みても、上手く想像できなかった。

「瞬くん、遠慮しなくていいからね」

お母さんに勧められて、真ん中の大皿に盛られたコロッケに箸を伸ばす。ぼくの家では見たことがないほど山積みになっている。

メインのおかずは早い者勝ち、というのが、この家のルールらしい。弟と妹が一度に何個もコロッケをキープしていて、それはずるいと拓実くんが怒っている。コロッケは大人気だった。

作りすぎちゃった、とお母さんは言っていたけれど、ぼくに遠慮させないための言葉だったのだと今更気づいた。一つのコロッケをゆっくり味わって食べることにする。

うちでは、揚げ物は滅多に食卓に並ばない。出来たてのサクサクしたコロッケはすごくおいしかった。

「コロッケ、おいしいです」

向かいに座るお母さんに言うと、嬉しそうに目を細めた。

「ありがとう」

いかにも普通で、幸せな食卓だった。どこにでもあるのだろう、平凡で平和な風景。テレビで観たり、小説や漫画で読んだりしたときは、これが普通か、と思っただけだった。それが、こうして輪の中に入ってみると、自分の家とのギャップを感じずにはいられなかった。

いつも近くにいてくれる拓実くんを、今日ばかりは遠く感じた。

ごちそうさまを言うころには、雨は弱まっていた。まだ完全に止んだわけではないけれど、これくらいなら合羽がなくても家まで帰れそうだ。

「ごちそうさまでした。ありがとうございました」

玄関でみんなが見送ってくれた。お母さんにお礼を言い、拓実くんと「また明日」を交わす。弟と妹とも、手を振り合った。

こんな風に、家族総出で見送ってくれるなんて、ぼくには貴重な体験かもしれない。

拓実くんにとっては、これが日常だろうけれど。

玄関を開けて外に出ると、せっかく乾いていた制服に、弱い雨がいくつもの水玉模様を付けた。

自転車にまたがって、すぐに立ち漕ぎし始める。まだ六時過ぎだけど、灯りが少ないからとっくに暗くなっている。自転車のライトが雨を細く照らし出して、ぼくの進む道だけに雨が降っているように見えた。

ずっと立ち漕ぎのまま、一度もサドルに座らなかった。早く家に帰りたかった、と言うより、早く拓実くんの家から遠ざかってしまいたかった。逃げてしまいたかった。

そんなことは思っても仕方がないことだとわかっていた。だから、ずっと思わないようにしていた。だけど、もう無理みたいだ。

拓実くんが、羨ましい。家族みんな、一つの家で、何も心配することなく暮らせる拓実くんが。

「……ただいま」

湿った靴を脱いでいると、「おかえり」と叔母さんが出てきた。お母さんはまた寝ているのだろう。雨の日は特に体調が悪くなる。

「雨宿り、させてもらえてよかったね。夜ご飯までご馳走になっちゃって」

「うん」

「今度お礼しないとね」

「うん、そうだね」

拓実くんの家から帰ってくるまでに濡れた身体は、すっかり冷えていた。シャワーを浴びようと、叔母さんに背を向けて、着替えを持って浴室に向かう。

熱いシャワーを浴びると、今まで抑えていたものが、一気にあふれ出してきた。

この家に不満があるわけじゃない。お母さんも叔母さんも優しいし、ご飯はおいしい。何も不自由はしていない。

それでも、ぼくは拓実くんを羨ましいと思った。ぼくになくて、拓実くんにあるものが、ぼくはほしかった。なくても平気だというふりをしながらも、本当はずっと、ほしくてたまらなかった。

ぼくは、あっくんみたいに大人じゃない。自分の家族のいびつさを、未だに受け入れられていなかった。

浴室から出て、すがるように電話をかけた。呼び出し音はすぐに途切れた。

『もしもし』

その優しい声に、どうしてぼくはこの人と一緒に暮らせないんだろう、と悲しくなる。どうして、この人と一緒に暮らすことは、正しくないことなんだろう。この人と一緒に暮らさないことが、強いことになるんだろう。

ぼくにとって、たった一人のお兄ちゃんなのに。

「……あっくん」

震える声で、呼びかける。

聞いてほしいことがたくさんあったけれど、その前に、あっくんの小さな早口がぼくを遮った。

『ごめんね、今電車に乗ってるから、また後でかけ――』

あっくんの言葉はそこで途切れた。ぼくが鼻をすすったからだろうか。寒かっただけなのに。

『……僕、聞いてるから。話してていいよ』

ただでさえ優しいあっくんの声が、さらに優しくなる。まさかと思って頬に手をやると、指先が濡れた。

自分でも気づかなかったのに、電話越しのあっくんにばれてしまった。これを、家族と呼ばずに何と言うんだろう。

「あのね、あっくん」

子どもっぽいその呼び方を、「お兄ちゃん」と呼べない代わりに、何度でも口にしたかった。ぼくのたった一人のお兄ちゃんで、本当はお兄ちゃんじゃない人。ほかの誰より、ぼくに優しい人。

「ぼく、友達のこと、羨ましいって思っちゃった……」

受話器の向こうは沈黙したままだった。あっくんは人の少ない電車の中で、静かに聞いてくれているのだとわかる。

「何でもない普通の家族って、いいなって」

料理上手なお母さんがいて、夜遅くまで働くお父さんがいて、仲のいいきょうだいがいて。そういう何でもない家族が、ぼくには眩しすぎた。

だから、止むまでいればいいと言われた拓実くんの家から、逃げ出してきてしまった。

「……なんでぼくの家は、こうなっちゃったんだろう」

そんなの、あっくんに言ったところでどうしようもないことだ。話を続けることも、引き返すこともできずに、黙り込む。

ずっと沈黙していた電話の向こうで、車内アナウンスが流れ始めた。ガタゴトと不安定な音を立てて、電車は駅に停まったようだ。

『降りたから、僕も話すね』

ここはちょうどあっくんの降りる駅だったんだろうか。もしかしたら、ぼくとの電話のために、違うところで降りてくれたのかもしれない。

『僕にもあるよ。普通の家族だったらよかったのにって思ったこと』

人々の喧騒が響く駅の中でも、あっくんの穏やかな声だけがぼくに届いた。

『僕は諦めるのが早いから、もう何とも思わなくなっちゃったけど、……瞬はもうちょっと、時間、かかってもいいよ』

魔法でもかけられたかのように足から力が抜けてしまって、受話器を握りしめたまま、その場に座り込む。

『ゆっくりでいいよ。瞬』

あっくんの声も言葉も、泣き出してしまいたくなるくらいに優しかった。

「……うん」

口元から受話器を離して、湿った息を全部吐きだす。あっくんに、心配をかけてしまわないように。

涙声にならないよう、喉元に力を入れて口を開いた。

「一日だけでいいから、一時間でも、一分しかいられなくてもいいから……あっくんのところに、行ってもいい？」

ずっと抑えていたはずだったのに、心の奥から湧き上がってきてしまった。ぼくのわがままなお願いに、あっくんはいつも通りに答えてくれた。

『わかった、いいよ。いつでも待ってるから』

あっくんの声の向こう側で、電車が停まる音がした。それを聞いて、あっくんはまだ駅にいたことを思い出す。

もう、切らなきゃいけない。

「それじゃあね」

『うん、またね』

自分から受話器を置くのは寂しすぎて、あっくんに切られるのを待っていたのだけど、電話の向こうからは駅構内の雑音ばかりが聞こえ続けていた。

あっくんも、ぼくが切るのを待っていたんだと気づく。今日だけじゃなく、きっとこれまでの電話でも。

『……どうかした?』

「ううん、なんでもないよ。じゃあね、あっくん」

今度こそ、受話器を置く。

そのときには、拓実くんを羨ましく思う気持ちは、見えないほどに小さくなっていた。ぼくに普通の家族はいないけれど、代わりにあっくんがいる。

ゆっくりでいいよ。その言葉を、あっくんの声ごと大切にしまいこんだ。

3

「今日、瞬の家に泊まっていい?」

朝の教室に入ると、拓実くんが声をかけてきた。あまりに突然で、さすがに驚く。

「えっ、なんで」

拓実くんの後ろの席に座りながら尋ねると、口を尖らせながら答えた。

「家出、しようと思って」

家出という言葉で、あっくんと過ごした家を思い出した。ぼくらを置いていなくなった、お母さんとお父さん。あれも家出だろうか。

二人がどこに行ったのか、ぼくはまったく知らない。知りたいとは思うけれど、あっくんに尋ねてみる勇気はなかった。

「昨日のお礼だと思ってさ、泊めてよ。一泊でいいから」

一泊なら、全然大したことない。

「わかった、いいよ」

近いうちに雨宿りのお礼をしなければと思っていたから、ちょうどいい。

自分の家の様子を思い浮かべる。ぼくの部屋は広いから、拓実くんが寝るスペースはあるはずだ。布団も、一つくらいは予備がある。お母さんも叔母さんも、喜んで拓実くんを迎えてくれるだろう。

大丈夫だ、と思ってから、本当に大丈夫だろうかと心配になる。

ぼくの家は、普通の家じゃない。

「よかった、瞬ならわかってくれると思ってた。実はさ、部活のカバンの中にお泊りセット入れてきたんだよね」

嬉しそうにそう言って、「ありがとう、助かる」と繰り返す拓実くんは、もう断る隙を与えてくれなかった。


何も描けないまま部活を終える。熱心な部活ではないので、最近何も描いていないぼくに、誰も何も言わない。

昇降口で待っていると、陸上部の練習を終えた拓実くんが現れた。

昨日の雨はすっかり止んでいたから、外部活も充分に練習できたのだろう。もう秋も後半だというのに、拓実くんは汗だくだった。

自転車に乗って、二人でぼくの家を目指して走る。今日はぼくが前だ。拓実くんはぼくのスピードに合わせ、いつもよりのんびりと後ろをついてくる。

朝感じた不安は、消えていた。拓実くんなら大丈夫だと思い直していた。拓実くんは、突然転校してきたぼくに、干渉しすぎず、距離を取ることもなく、仲良くしてくれた人だ。

「ただいま」

二人で家に入る。台所のほうから「おかえり」と声が返ってきた。叔母さんはもう夜ご飯の準備をしているらしい。

「ちょっと待ってて」

拓実くんに言い置いて、台所に顔を出す。もう一度「おかえり」と言って叔母さんが振り向いた。

「ただいま。今、拓実くんが来てるんだけど、大丈夫？」

「ああ、そうなんだ。大丈夫だよ、昨日のお礼しなきゃね」

案の定、叔母さんはすぐに許してくれた。

「あとね、今日泊まりたいって。家出してきたんだって」

「家出？」

ぼくの言葉に、叔母さんは目を見開いてから、一拍遅れて笑い出した。

「そう。じゃあ一晩かけてお礼しようか」

許可がもらえたので、拓実くんをぼくの部屋に入れる。友達をこの部屋に招くのは、今回が初めてだ。

「すごい。広いね、瞬の部屋」

部屋に入った途端、拓実くんは感嘆の声を漏らした。確かに、ぼくの部屋は広い。だけど、広いのがいいとは限らない。

「いいなあ。俺、弟や妹と同じ部屋だからさ、狭いしうるさいし」

ぼやく拓実くんを、少しだけ羨ましいと思ってしまった。部屋を狭く感じたことも、うるさく感じるほど賑やかな家族も、ぼくにはない。

「ジュース持ってくるね」

逃げるように部屋を出る。不自然だったかもしれないけれど、拓実くんは何も言わなかった。

叔母さんは、玄関脇の固定電話で電話をかけていた。冷蔵庫を開けてオレンジジュースを取り出していると、電話を終えたらしい叔母さんが戻ってきた。

「拓実くんのお母さんに電話しておいたよ。今日はここにいていいって」

公認の家出か。なんだか変な感じだ。思わず笑ってしまう。笑ったら、さっき感じた羨ましさも吹き飛んだ。それくらい軽いものだった。

「お母さんに言っちゃったら、あんまり家出になってないよね」

「ただのお泊りだね」

拓実くんは家出のつもりだから、伝えないほうがいいだろう。

「我が家のお母さんはね、今日は体調いいみたい。二階で掃除してるよ」

「そっか、よかった」

ジュースを持って部屋に戻ると、拓実くんは座布団を枕にして寝転んでいた。部活で疲れたのか、ぐっすり眠ってしまっている。

気持ちよさそうな寝顔を見ていると、起こす気にもなれなくて、このまま寝かせておくことにする。どんな夢を見ているんだろう。あるいは、夢も見ないほど深く眠り込んでいるだろうか。

ジュースを机に置いて、もう一度部屋を出た。今度は二階へ上がる。

お母さんは、ベランダの窓を熱心に拭いていた。綺麗好きなお母さんの体調がいいとき、いつも大掃除が始まる。

「おかえり、瞬」

「ただいま」

拓実くんが家出しに来たことを話すと、お母さんは叔母さんと同じように、一拍の間を置いて笑い出した。

「誰にでもあるよね、家出したくなるとき」

窓を拭く手を止めずに、お母さんはそう言った。

「お母さんも、家出したくなったことある？」

「そうだね、あるよ。だけど私は、家出されたほうだから」

そう言ったお母さんの手の動きは、一度止まった後、ゆっくり動き出した。

「この前、私、言ったよね。戻ってもいいよって」

――戻ってもいいよ、瞬。

「本心で言ったつもりだったけど、ごめんね、あれは嘘だったみたい」

すっかり綺麗になったはずのところを、ぼんやりと拭き続けている。

「昨日、瞬は拓実くんの家で夜ご飯食べたでしょう？　瞬のいない夜ご飯、寂しくて仕方なかったの。すぐに帰って来るってわかってるのに」

力の入っていない手で窓を拭き続けるお母さんは、ぼくと同じで寂しがりだった。

「こんなお母さんでごめんね」

ぼくのお父さんは、こんなお母さんに疲れてしまったんだろうか。だから、ぼくだけを連れて、お母さんを置いて、家出したんだろうか。

「ぼくはどこにも行かないよ」

果たせるかどうかわからない約束を、ぼくと同じ寂しがりのお母さんを安心させるためになら、してもいいと思った。

「ゆっくり、受け入れていくよ。時間はかかるかもしれないけど、この家で生きていけるようになるよ」

口に出したら、本当にそうできる気がしてきた。気がしただけ、かもしれない。

拓実くんはのっそりと体を起こした。数学の宿題に頭を悩ませていたぼくに、寝起きの声で「今日習った公式を使えばいいんだよ」と教えてくれた。

「ああ、よく寝た。静かだから熟睡できた」

大きく伸びをして、氷が溶けてぬるくなったジュースに口をつける。

「そっか、弟たちがいると、お昼寝もさせてもらえないのか」

「そうなんだよ。親には『寝てないで勉強しろ』って言われるし。起きてからやるっつーの」

珍しい乱暴な言葉遣い。拓実くんのお母さんが言っていたのはこれか。拓実はもっとぶっきらぼうなのに、と。

そのときの会話を思い出したら、大事なことも思い出した。

「拓実くんのお母さん、言ってたよ。『お母さんには優しくしたほうがいい』って」

「ふうん」

ため息と一緒に素っ気なく吐き出す。

拓実くんはカバンから、宿題のノートを取り出した。本人の言った通り、起きてからちゃんとやっている。

「俺、昨日親と喧嘩したんだよね」

問題を解きながら、なんでもないことのように、拓実くんは言った。

「だから家出してきたんだよ」

「そうなんだ」

「なんで瞬の家に逃げてきたかって言うと」

拓実くんがシャーペンを走らせる音が止まった。拓実くんを見ると、拓実くんもぼくを見ていた。

「喧嘩、瞬のせいだから」

「……え」

拓実くんはにやりと笑う。どうやら、ぼくの反応を面白がっているようだ。

「ぼく、何かしたっけ……」

「瞬は何もしてないつもりだと思うけど、俺としては大迷惑」

大迷惑、と言いながらも、その顔にぼくを責めるような色は見えなかった。それでも、ぼくの中にはなんだか申し訳ない気持ちが広がる。

「瞬は親と喧嘩することある？」

「……ない」

ぼくの返答が予想通りだったのか、拓実くんは「やっぱり」と声を漏らした。

ぼくはまともな喧嘩をしたことがない。するのが怖い。嫌われてしまうかもしれないと思ったら、自分の気持ちを抑えるほうが、遥かに楽だった。

いつからぼくはこうなってしまったんだろう。もうわからない。

「瞬はいい子過ぎるんだよ。『拓実も瞬くんみたいだったらいいのに』って、親にそう言われたのが喧嘩の原因」

「……」

「じゃあさ、教えて」

意地悪な笑みを浮かべていた拓実くんが、少しだけ真面目になって、ぼくに問うた。

「どうしたら優しくなれる？」

言葉を詰まらせるぼくの困惑を察してか、拓実くんはふっと笑った。

「……なんてね」

冗談めかして笑ったけれど、質問は拓実くんの本音だろうと思う。

難しいことを聞く。そんなこと、もちろんぼくにだってわからない。

でも、わかることもあった。

拓実くんは、ぼくみたいになんてならないほうがいい。誰とも喧嘩をしないぼくは、誰かに頼らなければ生きていけない、寂しがりだ。

拓実くんには、ちゃんと普通の家族がいる。喧嘩をしても、家出をしても、変わらずいてくれる家族がいる。だから、拓実くんは拓実くんのままでいい。

お風呂に入っている拓実くんを待つ間、二人分の布団を敷いておいた。まだ戻ってこないので、あっくんの絵本を読んで待っていることにする。これまでに送ってもらった何冊かが棚に並んでいるので、その中から一冊取り出した。

あっくんの絵本には、よく赤とんぼが登場する。その赤とんぼにどんな意味があるのか、ぼくは知らない。だけど、絵本の中で何度も赤とんぼに遭遇するうち、すっかり赤とんぼが好きになっていた。

「絵本？」

いつの間にか戻って来ていた拓実くんに、絵本を覗かれていた。うなずくと、へえ、と感心したような声が降ってくる。

「手作り？　瞬が作ったの？」

「違うよ。ぼくの絵、下手くそなの知ってるくせに」

わざとふてくされたように言うと、笑いながら「ごめんって」と返ってきた。あまり反省してなさそうだ。

「じゃあ、誰が描いたの」

「お兄ちゃん」

お兄ちゃん、と、拓実くんは小さく繰り返した。この家にぼくのお兄ちゃんなんていないことは、とっくにばれている。

「お兄ちゃんね、ちょっと遠くにいるんだ」

その言葉は、どこにもつかえることなく出てきた。家族の話は避けたかったけれど、あっくんの話はしたかった。ぼくの友達に、ぼくの大切な人のことを知ってもらいたかった。

「本当は、お兄ちゃんって呼んじゃいけないことになってる」

「……どういうこと」

拓実くんの声は強ばっていた。ぼくは、正直に答える。

「本当の兄弟じゃないから」

「……」

誰かにこのことを言ったのは、小五以来だ。まだぼくがあっくんと一緒に暮らしていたころ、当時仲の良かった友達に打ち明けた。おかげで色々と狂ってしまって、ぼくは今この町にいる。

だけど、あれは誰も悪くなかった。ぼくらが子ども過ぎただけだ。

今なら、拓実くんなら、大丈夫だ。

「電気、消していい？」

拓実くんがうなずいたのを見て、電気のひもを引っ張って蛍光灯を消す。代わりに、オレンジ色の光だけが灯った。優しい灯りは、夕焼け空を連想させる。

それぞれの布団にもぐると、修学旅行の夜みたいで、何でも話せる気がした。うつぶせに寝転んで、顔だけ起こす。

夕焼け色の光の下に、開いた絵本を置いた。絵本の中の赤とんぼが、光に照らされて輝いている。

「お兄ちゃんって呼んじゃいけないなら、どうやって呼んでるの」

これまで家族の話をしたがらなかったぼくを気遣うように、拓実くんは慎重に尋ねた。

「あっくん。茜くんだから」

「へえ」

拓実くんの口元が緩んでいたのは、薄暗い中でもわかった。子どもっぽいと思われただろうか。それでも、別にいい。「あかね」と上手く発音できなかったときから、心の中でもずっとこう呼んでいる。もう変えられない。

「あっくんは、絵本を描くのが好きなんだ」

「ああ、だから瞬も美術部に入ったのか」

見抜かれたことは照れくさかったけれど、拓実くんにわかってもらえて、嬉しくもあった。

あっくんを追いかけて、美術部に入った。でも、あっくんは遠いままだ。こんな素敵な絵本、ぼくには描けない。

「……あっくんに会いたい」

絵本を眺めていたら、願いがあふれていた。

「会いに行けばいいのに。そんなに遠いの？」

「ううん、電車で行ける。あっくんにも、いつでも待ってるって言われてる」

「じゃあなおさら、行きたいときに行けばいいのに」

まるで簡単なことのように、拓実くんは言う。確かに拓実くんの言う通りなんだけど、ぼくにはそれが難しい。

「あっくんは優しいから。口ではそう言ってても、本当は迷惑かもしれないんだ」

こっちに来たばかりのころは、よくあっくんに会いに行っていた。路線図も何も見なくても行けるようになるくらいに。

でも、あっくんが大学の受験勉強を本格的に始めたころから、行かないほうがいいかもしれないと思うようになった。あっくんに何か言われたわけじゃない。ただ、ダイニングテーブルに教科書や参考書が置きっぱなしになっているのを見て、ぼくが来たら気が散るだろうと、自分で勝手にそう思って、勝手に、会いに行かなくなっただけだ。

あっくんに会いたい気持ちと、迷惑がられたくない気持ちが交錯して、結局会いに行けない。

あっくんに距離を置かれていたころと一緒だ。かまってくれなかったあっくんに、仲良くなりたいと思いながらも、ぼくは話しかけられなかった。嫌われたくなかったからだ。

「瞬は優しすぎるんだよ」

唐突な言葉に視線を向けると、拓実くんは得意げな目でぼくを見ていた。ぼくが解けない数学の問題を、あっさり解いてしまったときのような目だった。

「気、遣わなくていいと思うよ。一応兄弟なんじゃないの」

「……」

「まあ確かに、ちょっとくらい迷惑なときもあるかもしれないけどさ。それ以上に、瞬に会えたら嬉しいんじゃない、あっくんも」

……そうか。迷惑でもいいのか。それ以上に、嬉しいなら。

しばらく会っていないあっくんの、ぼくが見てきた色んな顔を思い出す。

ぼくがあっくんのご飯を「おいしい」と言ったときの安心したような顔、算数の宿題を教えてくれたときの真剣な顔、ぼくが部屋に閉じこもったときの心配そうな顔、ぼくが家を出て行くことになったときの、寂しそうな、名残惜しそうな顔。

あっくんは感情を表に出すほうじゃない。だけどぼくは、あっくんの色んな表情を知っている。

ぼくが会いに行ったら、あっくんは嬉しそうな顔をしてくれるだろうか。

「もしかして、会いに行ったせいでこっちに戻りたくなくなったりはしないよね」

からかいと不安が混じったような声色で、拓実くんが聞いてきた。

あっくんとの電話を切る度、かけ直したい衝動に駆られるぼくなら、ありえなくないと思った。

返事をしないぼくに、慌てたように拓実くんが付け足す。

「帰って来てくれなかったら、俺が困る」

ぼくに隙を与えず、だから、と続けた。

「寂しかったら、俺のこと、お兄ちゃんだと思っていいよ」

「拓実くんを？」

拓実くんは力強くうなずいた。

「俺のほうこそ、瞬のことを弟みたいだって思ってるとこあって。だから俺のこと、もっと頼っていいよ。そりゃあ、あっくんに比べたら全然頼りないとは思うんだけど、でも、数学なら多少は教えられるし、困ったことあればちゃんと相談乗るし」

早口でそう続けた拓実くんは、あっくんに引けを取らないくらい、頼もしかった。

「ありがとう」

拓実くんは照れくさそうにうなずいた。

拓実くんになら、ぼくの複雑な家族のことを、いつか話せるようになるかもしれないと思った。

4

今度の月曜日が祝日だから、今週末は三連休だ。

「行く途中で何かあったら、公衆電話から電話かけてきてね。駅にあると思うから」

「大丈夫。わかってるよ」

心配しすぎる叔母さんに笑ってうなずくと、「そうだね、大丈夫だよね」と決まり悪そうに笑った。

最後にあっくんの家に行ったときは、途中まで叔母さんについてきてもらっていた。一人で家を出るのは初めてだ。

「気を付けてね」

玄関で、叔母さんとお母さんの二人が見送ってくれる。

いってきますと言って、扉を開けようとしたら、お母さんの声が背中にぶつかった。

「ちゃんと帰ってきてね」

振り返ると、お母さんの顔はあまりに真剣だった。

「ちゃんと帰ってくるよ」

自分にも言い聞かせるように言って、家を出た。

駅まで自転車を走らせる。無人駅の自転車置き場に停めて、鍵をかけた。次に乗るのは、明後日の夕方だ。

今日——土曜日の朝にこの町を出て、二日間あっくんの家に泊まる。月曜日の昼に向こうを出て、夕方にはこっちに帰ってくる予定だ。

一時間に一本しか来ない、一両編成の電車に乗った。乗客はほとんどいない。着替えの入った大きなカバンを床に置いて、席に座る。

電車が走り始めると、緑ばかりの小さな町はあっという間に流れていった。

乗り換え駅まではまだ時間があるから、少し居眠りしようかと思っていたけれど、ちっとも眠くなかった。今日は早起きしたのに、むしろ目が冴えてしまっている。

暇つぶしの道具を何も持ってこなかったので、ただぼんやりと外の景色を眺めていた。代わり映えしなかった景色の中に、だんだんと高い建物が混じってくる。少しずつ近づいてくる予感に、胸が弾む。

多くの乗客が入れ替わる大きな駅で、ぼくも降りた。切符を買って、次の電車に乗る。人が多かったから、ドアの近くに立っていた。大きな荷物を持ったぼくを気遣ってか、席を譲ろうとしてくれた人がいたけれど、断った。ドアの側を離れたくなかった。

もうすぐ着く。やっと、あっくんに会える。

その駅に電車が止まると、ドアが開くのと同時に飛び降りた。エスカレーターも駆け上がって、改札を抜ける。

あと少し。

朝早くに家を出たのに、もう十一時を過ぎようとしている。お腹は空いていたけれど、何も買わずに停留所に並び、バスに乗った。

バスに揺られているうちに、懐かしいという感情がようやく沸き上がってきた。並んでいる建物はほとんど変わっていない。ぼくの知っている街のままだ。

目的のバス停には、すぐに着いた。ここからあっくんのアパートまでは歩いても数分なのに、いつの間にか早歩きになってしまう。それでも待ちきれなくて、重いカバンを持っているにも関わらず、つい駆け足になっていた。

はやる気持ちを抑えられないまま、アパートにたどり着いた。すっかり息は切れているのに、最後の階段も駆け足で上る。

高遠、と表札の付いた扉の前で、乱れた息を正そうと、一度大きく深呼吸する。インターホンに人差し指を伸ばして、慎重に、力強く、押した。

音が部屋に響くよりも先に、扉が開く。扉を開けたその人は、紛れもなく、ぼくが会いたかった人だ。

「おかえり。瞬」

電話越しじゃないその声を、久しぶりに聞いた。

「ただいま」

一回だけじゃ、到底足りなかった。

「ただいま、あっくん」

「うん、おかえり」

声を弾ませるぼくとは違って、あっくんは相変わらず落ち着いて見えた。だけど、あっくんも嬉しがってくれていると、ぼくにはわかる。

二年ぶりのあっくんは全然変わっていなかったけれど、靴を脱いで同じ床に立ったら、あっくんとぼくの目の高さが十センチくらいしか変わらないことに気づいた。自分でも驚いたけれど、あっくんも驚いていた。

「背、伸びたね。そのうち抜かれるかな」

あっくんと話すときは、もっと見上げるようにしていた記憶がある。今はその必要がない。

ぼくがあっくんの背を抜かすころ、また会いに来られるだろうか。今来たばかりなのに、もう次のことを考えてしまう。

部屋の中は、前に来たときとあまり変わっていなかった。テーブルの上に、教科書ではなく作りかけの絵本があることと、以前はなかった本棚が、部屋の奥に置いてあることくらいだ。

「そうだ、お腹空いたよね。お昼ご飯、何にしようか」

「何でもいいの？」

「できる限り頑張るよ」

贅沢な権利をもらってしまった。とっておきのハンバーグを食べるのはまだ早い。どうしようか、と考えて、ひらめいたメニューがあった。

「コロッケがいい」

給食ではよく出るけれど、あっくんのコロッケは食べたことがない。拓実くんのお母さんのコロッケがおいしかったから、あっくんが作ったのも食べてみたかった。

「わかった、いいよ。作ってみる」

あっくんはうなずいて、冷蔵庫の前に立った。四人で暮らしていたころから、もしくはもっと前から使い続けている大きめの冷蔵庫には、あまり食材が入っていなかった。最近はコンビニで買ったものでご飯を済ませることも多いと言っていたから、たくさんの食材は要らないのだろう。

外見と中身がアンバランスな冷蔵庫を見て、気づいたことがあった。この部屋は、あっくんが一人で暮らすには広すぎるんじゃないだろうか。それなのにここに住み続けるのはなぜだろう。

　理由を聞いてみようと思ったけれど、その前に、冷蔵庫を確認し終えたあっくんが振り向いた。

「材料足りなさすぎるから、買いに行かなきゃいけないんだけど、一緒に行く？」

「行きたい」

　すぐにうなずくと、あっくんも笑ってうなずいた。


　バスに乗って、近所のスーパーへ向かうことになった。多くの席が空いていたけれど、あっくんの背中に続いて一番後ろの席に座る。

「ここは特等席なんだって」

　席に着いたあっくんが教えてくれた。

「そうなの？」

「そうらしいよ」

　曖昧な返答が不思議だった。でも、納得はできる。ほかの席より広いし、バスの全体を見渡せる。確かに特等席だ。

　スーパーは、お昼時ということもあってか混雑していた。カートを押すあっくんについて歩く。

「コロッケって何でできてるんだっけ」

何も知らないぼくに、あっくんは「僕も作ったことないんだよね」と苦笑いして答える。

「じゃがいもと玉ねぎと、……あとはひき肉かな」

スマホで詳しいレシピを検索しながら野菜コーナーを回るうちに、明日や明後日の分も買って行くことになった。店内をうろうろ歩いて、必要なものを入れていく。メニューは全部ぼくのリクエストだ。

「結構いっぱいだね」

カゴの中はたくさんの食材であふれそうになっている。ぼくが帰った後も、大きすぎる冷蔵庫の隙間を埋めてくれそうだ。

お金が足りなかったらどうしようと余計な心配をしたけれど、全然問題なかった。

「あっくん、バイトとかしてるの？」

買い物袋にじゃがいもを詰めながら聞くと、あっくんは「うん、してるよ」とうなずいた。

「どこで働いてるの？」

「本屋さん」

本屋さんで働いているあっくんを想像してみる。想像の中のあっくんは、やっぱり絵本コーナーにいた。一冊一冊、律義に、丁寧に、並べている姿が浮かんだ。

自分の想像に思わず笑ったら、現実のあっくんに不審そうな目を向けられた。

「どうしたの」

「ぴったりだなと思って。あっくんの本屋さん」

「ただのバイトだけどね」

そうやって何でもないことを話しながら、たくさん買った食材を袋に詰めていくぼくらは、ちゃんと兄弟に見えるだろうか。

そうだったらいいと、願った。


「おいしい」

かじったコロッケから、ほわっと白い湯気が上がる。揚げたてのコロッケは、初めて作ったとは思えないほどほくほくしていておいしかった。

「よかった」

あっくんは安堵の色を浮かべて笑った。

向こうの家で食べるときは、ぼくとお母さんと叔母さんの三人。今は二人しかいないのに、いつもより寂しくない。あっくんがいるからだ。

もっと笑ってほしくて、話しかける。電話ではいつもぼくの話をしてばかりだから、

「今日はあっくんのことを聞いた。

「大学って、どんな勉強するの？」

「人によって色々だよ。僕の場合は、文学部の児童文学科で、絵本の勉強をしてる」

「楽しそう」

口をついて出てきたぼくの率直な感想に、「楽しいよ」と笑ってうなずいた。

あっくんが今でも絵本を作っていることは知っていても、大学で絵本の勉強ができるなんて知らなかった。絵本の勉強がしたくて、あんなに受験勉強を頑張っていたのか。

どうしてそんなに勉強したかったんだろう。ぼくには、努力してまで学びたいと思うものなんてない。

「あっくんは、なんで絵本描いてるの」

単純に疑問だった。あっくんが絵本にこだわる理由が、わからなかった。

あっくんは箸の動きを止め、少しの間考えていた。

「……恩返し、かな」

小さく言葉がこぼれた。迷いに迷って選んだ言葉なのだと思う。

「あとは、……お願い、されちゃったから。絵本作る人になってって」

誰への恩返しで、誰からのお願いなのか、あっくんは何も言わなかった。代わりに、ぼくは言う。

「お願い、きっと叶えられるよ」

あっくんならきっと。

当の本人は曖昧に笑っていた。

「そうだといいんだけどね」

あっくんは、本棚に視線を走らせる。絵本の並んだ本棚だ。あっくんの絵本以外にも、本屋さんに売っているような普通の絵本も入っている。あっくんの絵本も同じように本屋さんに並んだら、素敵だろうと思った。

「瞬も、美術部で絵描いてるんだよね」

急に自分の話になったので、びっくりする。

電話でも部活の話はほとんどしなかったのに、覚えていてくれたことが嬉しかった。だけど、その後に続いたあっくんの質問には、少し困った。

「美術部、楽しい？」

「……あんまり。上手く描けなくて」

正直に口にする。

「友達に、陸上部来ればいいのにって言われてるんだ。絵、小学生みたいだからって」

拓実くんの話をしたら、「そっか」とあっくんは小さく笑った。

「陸上部に変えちゃおうかな」

自分では大方そのつもりだった。何も描けないくせに美術部に居座るのは、さすがに気が引けた。あっくんに、最後の一押しをしてもらいたかっただけだ。

「変えないほうがいいと思うよ」

ぼくの予想に反して、あっくんはそう言った。

「続けてるうちに、どうしても描きたいものが見つかるかもしれない」

真剣な目に促されて、無意識のうちに、答えていた。

「……もうちょっと、続けてみようかな」

「それがいいよ」

優しくうなずいたあっくんを見て、もう少し頑張ってみよう、と決める。

話している間に少し冷めてしまったコロッケに口をつけたら、これもまたおいしかった。揚げたてのときより衣がしっとりしている。二種類の味を楽しめて、なんだか得した気分だ。

「コロッケ、本当においしい。次来るときも、また作ってよ」

「わかった、いいよ。今度はちゃんと材料用意しておくから」

次、いつ来られるかわからないのに、ぼくは次のためのお願いをした。

あっくんが誰かにされたというお願いも、これくらい無責任なものだったのかもしれない。そんなお願いを叶えようとしているあっくんは、やっぱり律義で優しい。

「あ、そうだ」

二人で食器を洗っていると、何かを思いついたらしいあっくんが、小さく声を上げた。

「大学のこと気になるんだったら、明日行ってみる？　僕の大学」

「え、ぼくも行けるの？」

「うん。この三連休で学園祭やってるんだ。行ってみようか」

学園祭なんて楽しそうだ。魅力的な提案に、うん、とうなずく。

食器を片付け終えたところで、雨が降り始めた。今年の秋雨前線は、なかなか日本を離れてくれない。

あっくんが窓を閉めると、弱い雨音がさらに小さくなった。この部屋だけ、雨から守られた空間のように感じる。

「明日には止むかな」

窓ガラスの向こうを眺めるあっくんが、独り言のようにつぶやいた。

「学園祭、晴れてたほうがいいもんね」

ぼくが言うと、あっくんは「それもそうなんだけど」と続ける。

「明日、ほかにも瞬を連れて行きたいところがあって」

振り向いたあっくんが、ぼくに微笑みかけた。ぼくを連れて行きたいところ。一体どんなところだろうと期待を膨らませるぼくに、あっくんは言い足した。

「大したところじゃないから、期待しなくていいよ」

そんなことを言われても、ぼくの興奮は冷めない。

本当になんでもないところだったとしても、あっくんがその場所へぼくを連れて行きたいと考えてくれたのだと思うだけで、心が温かくなった。

「明日が楽しみ」

ぼくの言葉に、あっくんは少しだけ困りながらも、嬉しそうな顔をした。

明日を楽しみにするということは、時間が速く流れるのを望むことと似ていた。少しでも長くここにいたいと思う一方で、早く明日になってほしいとも思っている。

コントロールできない自分の感情がわずらわしくて、本棚に近寄る。絵本が詰め込まれた本棚は、時間を忘れさせてくれそうだった。

ぼくが住んでいたときには、なかった本棚だ。分厚い小説でも入っていそうな、木製の格好いい本棚に、絵本ばかりが並んでいる。一番上の段には、あっくんが描いたのだろう手作りの絵本。それ以外の段には、本屋さんに売っているような絵本。

すべての絵本が背表紙を向けて綺麗に並んでいるのに、一冊だけ、少し飛び出した絵本があった。手作りじゃない絵本だ。取り出しやすいように、わざとそうしているのかもしれない。

　そっと引き出してみる。あっくんが作った絵本ではないはずなのに、夕焼け色の表紙には、赤とんぼが飛んでいた。あっくんの絵本によく出てくるような、可愛らしい赤とんぼだ。

「瞬も、赤とんぼ好き？」

　絵本に見入っていたぼくに、あっくんが穏やかに話しかけてきた。

「うん、好き」

　うなずくと、あっくんは安心したように頬を緩める。

「それならよかった」

　どうしてだろうと思っていたら、あっくんはぼくの思いを見透かしたように言った。

「明日は、赤とんぼに会いに行くよ」


　久しぶりに、あっくんの隣の布団で眠った。拓実くんが家出しに来た日のように起きて話していたりすることもなく、眠りに落ちてしまっていた。長旅で、知らないうちに疲れていたらしい。

　ふと目を覚ましたときには、まだ真っ暗だった。一度は止んでいたはずの雨が、真夜中になって再び降り始めていた。半分ほど開いていた窓に近づき、ゆっくりと閉める。

雨が降っていたら、赤とんぼは飛ばない。

どうか明日には止みますように。祈りながら、布団の中に潜る。

隣で眠るあっくんは、微かな寝息を立てていた。その寝息を聞いていたら安心して、ぼくも眠っていた。

そして、夢を見た。

なんでもない夢だ。ぼくらが、二人で暮らしていたころの夢。

ぼくはこの街にいて、このアパートのこの部屋にいて、同じ部屋にはあっくんがいて、あっくんの夜ご飯を食べて、宿題を教えてもらって、一緒に寝て、起きて、それで——。

……大丈夫じゃない。

目を覚ましても、まだ暗かった。どれくらい眠っていたんだろう。長い夢のように感じたけれど、ほんの一瞬だったようにも思えた。

ぼくらがこの家で過ごした日々も、永遠のようでいて、本当はたった一瞬の、そんなものだったかもしれない。

その幸せな日常の続きを、もう一度、今日から始めてしまいたい。

お母さんや、叔母さんや、拓実くんや、みんなが待っているあの町じゃなくて、ぼくはここで、あっくんと……。

――ちゃんと帰ってきてね。

玄関で見送ってくれた、お母さんの言葉と真剣な表情を思い出す。ちゃんと帰ってくるよと、ぼくは言った。それなのに、ぼくの意志は簡単に揺らいでいる。全部、ぼくが自分で決めたことなのに。自分が情けない。ぼくは、いつまで子どものままでいるつもりなんだろう。

夢の中に戻りたくても、なかなか寝付けなくて寝返りを繰り返す。

「……あれ」

隣から小さく漏れた声に、顔を向けた。目が闇に慣れていたから、あっくんがこちらを見ているのがわかった。起こしてしまったようだ。

「寝られない？」

「……うん」

そっか、とあっくんは布団から体を起こし、枕元の時計で時刻を確認した。

「まだ三時だけど、少し起きる？　眠くなったらまた寝ればいいよ」

「うん」

あっくんは立ち上がり、寝室を出ていった。暗い足元に気を付けながら、その後ろについていく。

あっくんが点けたダイニングの電気が眩しくて、思わず目を細める。

「早く寝なきゃって思うと、余計に眠れなくなるんだって」

明るさに目が慣れてくると、あっくんはキッチンに立っていた。マグカップを電子レンジに入れて、ぼくを見る。

「焦らなくていいよ。ゆっくりで大丈夫」

電話でも、同じことを言ってもらった。

本当に、そうだろうか。ぼくはこのまま、色んなことに時間をかけすぎて、大人になりきれないまま年を重ねていくんじゃないか。

それはちょっと、怖かった。

「ココア、飲む？　インスタントだけど」

テーブルに置かれたマグカップ。席について、両手でカップを持つ。カップ越しに、ほんわりと柔らかな温かさが伝わってきた。

「ありがとう」

湯気の立ち上るココアに息を吹きかけ、おずおずと口をつける。熱かったけれど、火傷するほどでもない。一口飲んだら、体の奥から温まっていく感じがした。

「おいしい」

甘くて優しいココアは、ぼくのどうしようもない不安を鎮めてくれた。心の底に溜まっていたものが、ココアの波に流されて消えていく。

あっくんは少し眠たげな目で、笑ってうなずいた。

「寝付けないとき、僕も飲むんだ。そのまま朝まで起きてることもあるけど、大抵は寝られるよ」

あっくんの言う通り、ココアの温かさは、不安に埋もれていたはずの眠気を誘った。一杯飲み干したら、また布団に戻ろう。そう決めて、ココアをすする。

「あっくんにも、眠れないときなんてあるんだね」

「うん、あるよ。遅くまで絵本作ってたせいで目が冴えてたり、……そうだね、考え事してたり」

照れくさそうに笑って、それきり口を閉じてしまった。

あっくんでも、そんなことがあるのか。

それなら、みんな同じなのかもしれない。寂しくてたまらない日があるのも、不安に押しつぶされそうな日があるのも。たとえそんな日があっても、こうして温かいココアを飲めば、落ち着くことができるのも。

眠れない夜にココアを淹れてくれる、優しいあっくんとまた離れることになるのは、とても辛い。でも、あっくんも同じだ。ぼくがこの家を出て行く前、あっくんはぼくがいなくなることを、寂しいと言ってくれた。そんな素振りは見せなくとも、あっくんはぼくと同じ気持ちでいてくれている。

ココアを飲み終えて、電気を消して寝室に戻った。まだ温もりの残っていた布団に、体を潜り込ませる。

おやすみと互いに声をかけて、目を閉じた。温かいココアのおかげで、すぐに眠りにつくことができた。

雨は、朝には止んでいた。

5

学園祭に行くのは昼からで、ぼくを連れて行きたいというその場所へは、夕方に行くらしい。

午前のうちに宿題を進めることにする。あっくんは向かいの席で、黙々と絵本を描いている。

解けない数学の問題に首をかしげると、あっくんが顔を上げた。いつもはなかなか教えてもらえない宿題を、今日は教えてもらえる。

あっくんの説明はわかりやすい。計算の手順を、一つ一つ丁寧に解説してくれる。

すらすらと授業を進めてしまう学校の先生よりも、わかりやすいかもしれない。

おかげで、数学の宿題はすぐに終わった。

「ありがとう、あっくん」

お礼を言うと、あっくんはうなずいて、絵本の制作に戻った。描きかけの絵本はまだ見てしまいたくなくて、席を立ち、寝室に置いたカバンにノートをしまう。チャックを閉める音が、物の少ない寝室にやけに大袈裟に響く。

この寝室は、普段はあっくんが一人で使っているはずだ。それにしては、広すぎる。どうしてこの家を出ないんだろう。もっと手ごろな部屋がありそうなのに。

聞いてみようかと寝室を出たけれど、絵本に向かうあっくんの姿は真剣で、声をかけるのをためらう。

一応はぼくも美術部員だけど、あんなに集中して絵を描いたことがない。

ぼくも、いつかは、と思う。絵じゃないかもしれないけれど、いつかぼくにも、それくらい集中できる何かが見つかるだろうか。

お昼ご飯は学園祭の屋台で何か買うことにして、昼前に家を出た。電車でいくつも駅を通り過ぎて、ようやく大学付近にたどり着く。

「大学って遠いんだね」

駅から大学への道を歩きながらぼくが口にすると、あっくんは苦笑した。

「もっと近いところに引っ越せばいいだけなんだけどね」

それでもあっくんは、ずっとあの家に住んでいる。一人で暮らすには広いうえに、大学へ通うにも遠い家。

その理由を問う前に、大学の前に着いてしまった。初めて訪れた大学は、なんとなく思い描いていたよりもずっと広くて、何かの会社みたいだった。ぼくもこんなところに通う日が来るかもしれないなんて、全然想像できない。

「食べ物、色々売ってるはずだから、食べたいもの見つけたら教えて」

メインの通りにはたくさんの屋台が並んでいて、混雑していた。客引きをする学生の声が四方八方から飛んできて、どこで何を売っているのかもよくわからない。うっかりしたらはぐれてしまいそうで、あっくんから一歩も遅れないように意識して歩いていると、あ、とあっくんが声を上げて立ち止まった。

あっくんの視線を追う。あまり繁盛していない屋台の店番をしていた女の人が、軽く手を振った。ここの学生さんだろう。

「高遠くん」

声を弾ませるその人に、あっくんは会釈を返す。

高遠くん。その苗字がひどく懐かしかった。ぼくがそう呼ばれることは、きっともうない。あっくんとはもう苗字さえ違うのだと思うと、家族であることの証拠がひとつ、すでに奪われているような気がした。

「ちょうどいいところに来た。ねえ、うちのチョコバナナ買ってよ」

そう言って、彼女は長机の上に立てられたチョコバナナたちを示す。ほとんど売れていないようで、隙間を作らずびっしり並んでいる。

「向かいで売ってるチョコバナナがうちの半額だから、全然売れないの」

うんざりした様子で愚痴を漏らす。振り返って向かいの屋台を見ると、確かにここの半分の値段が見えた。

「逆に、なんでこっちは倍の値段なんですか」

あっくんが尋ねると、

「チョコもバナナも、フェアトレード商品なの。発展途上国と公正な貿易をするために、ちょっと割高になってるだけ」

はあ、と曖昧に返事をするあっくんに、「ほら、うちのボランティアサークルはワールドワイドだからさ」と自慢げに笑った。

「お願い。途上国民の幸せな生活のために」

「いいですけど……」

あっくんが、確認を取るようにぼくに視線を移す。いいよという意味を込めてうなずいた。いきなりおやつになってしまうけれど、チョコバナナは充分おいしそうだ。あっくんからチョコバナナ二本分のお金を受け取ったその人は、一本をあっくんに、もう一本をぼくに渡した。そのままぼくを見つめ、軽く首をかしげる。

そっくりな兄弟だったら、すぐに弟だと思ってもらえるんだろう。ぼくらはそうじゃない。でも、

「僕の弟です」

あっくんが、何のためらいもなく、そう言ってくれた。

僕の弟。その言葉が柔らかく響いて、何重にもなって、ぼくを満たす。

ぼくはあっくんの弟だ。住んでいる家も、苗字も違うけれど、あっくんがそう言ってくれるんだから、そうなのだ。

「そっか、弟くんか。よかった、ゆめちゃんが小学生になっちゃったからって、男子中学生に乗り換えたのかと思った」

「……先輩の思考回路、高校のときからずっとわからないんですが……」

あっくんは困惑しながらも、どこか楽しそうだった。あっくんがこうして学校の誰かと話しているところを見るのは、初めてかもしれない。

「そういえば、今度また幼稚園のボランティアに行くことになったんだけど、絵本、提供してくれる？」

「わかりました。萩野《はぎの》にも伝えておきます」

「うん、よろしく」

ボランティア部の屋台を離れて、チョコバナナにかじりつきながら人の流れに沿って通りを歩く。

「ボランティアサークルって、学園祭でもちゃんとボランティアしてるんだね」

「まあ、栗原先輩はボランティア精神旺盛な人だから」

あっくんはそう言って苦笑した。

「あっくんはサークル入ってないの？」

「うん、放課後はバイトしてる日が多いし。でも、同じ学科の友達とたまに一緒に絵本描いたりしてるよ」

あっくんが友達と集まって何かしている姿をイメージしてみると、なんだか新鮮だった。あっくんは一人でいることが多い気がするけれど、それはぼくが、家にいるときのあっくんしか知らないからだろうか。

涼しいから、綺麗にコーティングされたチョコレートは全然溶けていない。チョコの甘さと、バナナの酸味がちょうどよかった。

「おいしいね」

「うん。チョコバナナなんて久しぶりに食べた気がする」

家の外でも、あっくんと同じものを食べられることが、なんだか嬉しかった。甘いチョコバナナは、あっという間に口の中に消えてしまった。

「ごめん、最初にデザートになっちゃって。次、何食べようか」

尋ねられ、辺りの屋台を見回してみる。焼きそばもお好み焼きも唐揚げも、どれもおいしそうで、迷ってしまう。

「瞬、じゃがバター好き？」

決められないぼくを見かねてか、そう聞いてきた。うなずくぼくに、「じゃあ、行ってもいい？」とあっくんが指をさす。じゃがバターの屋台で、男子学生があっくんに大きく手を振っていた。

「あっくん、人気だね」

ボランティアサークルの先輩にも、じゃがバターの屋台のあの人にも。

「そういうわけじゃないんだけど……」

じゃがバターの屋台には列ができていた。最後尾に並ぶと、手を振っていた彼がこちらに近づいてきた。じゃがバターの屋台にはほかの学生もいるから、店が留守になることはない。

「瞬くん」

てっきりあっくんに話しかけるものだと思っていたのに、彼はぼくを呼んだ。

「……はい」

どうして名前を知っているんだろう。あっくんを見ると、それを不思議がる様子はなかった。

「俺、萩野って言うんだけど。高遠と同じ学科で、バイト先も同じで、一緒に絵本描いたりもしてる」

ぼくに不審がられないようにするためか、萩野さんはあっくんとの関係性を早口で並べ立てた。

「よかったな、お兄ちゃんに会えて」

にっと笑ったその顔には、喜びがみなぎっていた。

「なんかもう、俺まで嬉しいよ」

状況を呑み込めないぼくを前に、萩野さんはずっとにこにこしていた。なぜか、本当にすごく嬉しそうだ。

「ごめんね、瞬」

あっくんの声に顔を上げると、あっくんは申し訳なさそうな顔をしていた。

「萩野に、全部喋っちゃったんだ、瞬のこと」

謝ることじゃないと思った。むしろ、あっくんが友達にぼくの話をしてくれたのだと考えると、ぼくの存在があっくんにとって後ろめたいものではないのだとわかって、安心できる。

　ぼくだって、あっくんのことを拓実くんに話そうと思えたのは、あっくんのことを知ってもらいたかったからで、あっくんはぼくにとって大事な人なのだと、認めてもらいたかったからだ。

「瞬くんのは、じゃがいも、大きめのやつにしとくね。高遠は普通サイズな」

　萩野さんは「遠いところから高遠のために来てくれたわけだし」と、バターもたっぷり入れてくれた。

「ていうか、高遠のほうから行ってあげればいいんじゃないの？　瞬くん、ここまで来るの大変じゃん」

「それができればいいんだけど」

　あっくんは困ったように小さく笑った。

「向こうの家に行ったとして、どういう顔してればいいのかわからなくて」

「そっか、そういうもんか」

　萩野さんはそれ以上何も言及せずに、「学祭楽しんで」と、ぼくにも手を振ってくれた。

　拓実くんとも、あっくんと萩野さんのように、なんでもない会話みたいに、家族の話ができるようになりたいと思った。

腹ごしらえを済ませたところで、大学を出た。次は、赤とんぼに会いに行く。でも、どこに行くのかまだ知らない。到着するまでの楽しみにしておきたい気もして、何も聞かないでおく。

大学よりもっと遠いところに行くのかもしれないと思っていたけれど、電車がぼくらを運んだ先は、あっくんの家の最寄り駅だった。それからバスに乗って、その場所へ向かう。席は、一番後ろの特等席。

隣に座るあっくんを見やると、静かに窓の外を眺めていた。まだ四時なのに、日が傾き始めている。もう今日が終わろうとしている。

明日には、帰らなきゃいけない。

ふいにあっくんが動いたかと思うと、その指は降車ボタンに触れた。案外近かった。バスを降りて、あっくんについて歩いていく。そこはただの堤防だった。上がると、目の前を遮るものが何もなくなる。

開けた視界に映った景色は、ぼくに呼吸を忘れさせた。

何匹もの赤とんぼが、夕日に照らされて輝く川の上を飛び交っていた。夕焼け色の空は、赤とんぼたちを見守るように優しい。

「こんなところ、あるなんて知らなかった」

赤とんぼに会いに来るには、ぴったり過ぎる場所だ。ただの河川敷のはずなのに、ここには特別な何かが宿っているような気がした。

川に向かって堤防を下りながら、あっくんが話し出す。

「ここは僕の大切な場所だから。ずっと、瞬を連れてきたかったんだ。心の準備ができるまで、少し時間がかかったけど」

それに、と、慎重に付け加えた。

「秋じゃないと、意味がないんだ。瞬が秋に来てくれるのを待ってた。秋休みはないから、なかなか来られないよね」

そう言ってぼくに小さく笑いかけ、赤とんぼに目を戻した。あっくんの視線の先で、赤とんぼは飛び回っている。道に迷いながら、誰かを探しながら。

「だから、瞬がこの季節に来てくれて、本当によかった」

心の底からあふれ出してきたような、色んな想いが詰まった声だった。

こちらに飛んできた赤とんぼはぼくらの周りを飛び回って、また去っていく。あっくんが人差し指を伸ばすと、一度は去ったはずの赤とんぼが、一匹だけ戻ってきた。あっくんの指に、ぴたりと止まる。

「本当に止まるんだ」

「うん、見晴らしがいいところに止まりたがるんだって」

あっくんに倣って、ぼくも人差し指を伸ばしてみる。すいっと飛んできた赤とんぼが、ちょっと休憩とばかりに羽を休めに来た。こんなに簡単に止まってくれたら、すぐに捕まえられそうだ。

景色の確認に飽きたのか、赤とんぼはあっさりと飛び立ってしまう。真っ赤な空に向かって、高く、遠く。

あっくんを見ると、まだその人差し指に赤とんぼが止まっていた。まるで、会話でもしているかのように見えた。ぼくの視線に気づいてか、ふいに赤とんぼが飛び立つ。赤とんぼが飛び去った人差し指をしばし見つめてから、あっくんは手を下ろした。そして、今にも消えてしまいそうな声でつぶやいた。

「秋って一瞬なんだ」

声は、夕焼け空に吸い込まれていく。

「でも、一年待っていれば、秋は巡ってくるよね。赤とんぼだって帰ってくる」

あっくんの優しい瞳がぼくを捉えて、一つ一つの言葉が、まっすぐにぼくに飛び込んでくる。

「だからまた来年、帰ってきてよ。瞬」

それは、あっくんが初めて口にしたものだったかもしれない。ぼくの希望通りのメニューばかりを作ってくれるようなあっくんが、初めて口にした、ぼくへのお願い。

「帰ってくるよ。赤とんぼと一緒に」

笑いかけると、あっくんもつられたように笑った。うん、とうなずく。

「じゃあ、約束しようよ」

ぼくが、来年もここに帰ってくるための約束を。

いいよ、とあっくんが小指を差し出したら、一匹の赤とんぼがふらりと近づいてきて、そこに止まった。赤とんぼも一緒に約束したいみたいだ。あっくんは驚いたように目を見開いてから、ふっと笑った。赤とんぼ付きのあっくんの小指に、自分の小指をしっかりと絡ませる。

二人と一匹の、大切な約束だった。


最後の夜ご飯には、ハンバーグを作ってもらった。

口に入れたら、懐かしい味がした。変わったものは何も入っていない、教科書通りのハンバーグ。でも、これがあっくんのハンバーグだ。一口噛むごとに、口の中に肉汁が広がる。

「おいしい」

ゆっくり味わって食べようと思うのに、見る見るうちに減っていってしまう。ここにいられる残り時間みたいで、悲しくなる。

少しでも食事の時間を延ばしたくて、ぼくはあっくんに話しかけた。昨日から気になっていたことを、ようやく問う。

「あっくんは、どうしてまだここに住んでるの？」

少しためらったあっくんが、遠慮がちに口を開いた。

「この家を立ち去る勇気がないんだ」

「勇気？」

思わず聞き返したら、あっくんは小さくうなずいた。

「僕は、何かが変わるのが怖いから。少しでも現状を維持したくなる」

怖いのか。ぼくの前では穏やかな笑みを浮かべていても、あっくんはそんなに怖がりだったのか。

「……ぼくがいなくなったせい？」

恐る恐る尋ねる。あっくんは、首を横に振った。

「その前から、ずっとそうだったから」

「……」

あっくんは、ぼくより大人で、優しくて、勉強ができて、絵本も作れる、何でもできる人だと思っていた。ぼくが持ってないものを、全部持っているのだと。

本当は、あっくんだって、ずっと心のどこかに弱い部分を抱えていた。今更気づいた。ぼくの前では、いつも「お兄ちゃん」でいてくれた。

「でもありがとう、あっくん」

突然ぼくが口にした言葉に、あっくんは戸惑っていた。

「ぼくのお兄ちゃんでいてくれて」

付け加えると、あっくんは「こちらこそ」と照れくさそうに笑った。

結局、ハンバーグはあっという間に食べ終わってしまった。二人で食器を片付けて、おやすみを言って、隣同士の布団で眠った。朝は、すぐに来た。


「あっくんの本屋さんって、どこにあるの？」

「大学の近くだよ。だから、瞬の家とは反対方向かな」

特等席に座ったぼくらを乗せたバスは、駅に向かって進む。ぼくは向こうの家へ、あっくんはバイト先の本屋さんへ行くために。

お昼ご飯を食べた後に家を出たから、時刻はもう二時前だった。あっくんのバイトは三時から始まるらしいので、別れを惜しんでいる暇はない。

もしかすると、あっくんはわざとこの時間にバイトを入れたのかもしれない。ぼくがちゃんと帰れるようにと考えて。

　バスを降りて、駅の改札を抜けた。そこまでは一緒だけど、あっくんとは逆方向の電車に乗ることになる。ここでお別れだ。

　先に来たのは、ぼくが乗るべき電車だった。

「もう行かなきゃ」

　帰らなきゃ。お母さんと叔母さんが待つ家に。

「うん。じゃあ最後に」

　あっくんは肩に提げたバッグから絵本を取り出した。あっくんの手作りの絵本だ。

「遅くなってごめん」

「ううん、ありがとう」

　早く読みたくてたまらなかったけれど、今は我慢して胸に抱える。

「それじゃあね、あっくん」

　名残惜しさに埋め尽くされる前に、手を振った。電車はもうすぐ発車してしまう。

「気を付けて」

　車内は混雑していたので、席に座らずにドアの側に立つ。もう一度手を振ったら、笑いながら振り返してくれた。

「次来るときは、あっくんより大きくなってるかも」

「うん、そうかもね。楽しみにしてるよ」

あっくんは、変わるのが怖いと言った。それでも、ぼくの背が伸びるのを楽しみにしてくれている。それが嬉しくて、笑った。

これからお別れだというのに、ぼくらはずっと笑っていた。だって、絶対にまた会えるのだ。あっくんはいつでも、ぼくが来るのを待ってくれている。

電車の扉が閉まる。その直前に、もう一度、手を振り合った。電車はすぐに走り出す。最後に焼き付けたのは、あっくんの優しい笑顔だ。寂しそうな顔じゃなくて、よかった。

あっくんの姿が見えなくなっても、扉の側を離れられなかった。ぼくらの街が、少しずつ遠ざかっていく。今ごろ、あっくんはバイト先へ向かう電車に乗っているだろうか。だとしたら、ぼくらは倍のスピードで離れていることになる。

でも、ぼくの手元にはあっくんが渡してくれた絵本がある。だから、大丈夫。寂しくない。

途中で電車を乗り換え、町の無人駅に着くころには、もう四時を過ぎていた。電車を降りて、二日ぶりの自転車にまたがる。

夕空の下を自転車で走りながら、今になって初めて気づいたことがあった。

高い建物がなく、街灯もないこの町を見守る夕焼けは、堤防から見た景色に劣らないくらい綺麗だと。

静かで優しくて綺麗なこの町で、お母さんや叔母さんと暮らす。学校に行けば拓実くんがいるし、寂しくなったらあっくんのところに帰ったっていい。ぼくがいつまでこの町に留まるかはわからない。あっくんのように、どうしても学びたいことができたら、そういう大学があるところに引っ越すかもしれない。その日が来るまで、ぼくはこの町で生きていこう。

家に着いて玄関を開けたら、お母さんと叔母さんがぼくを出迎えてくれた。

「おかえり。ちゃんと帰ってきたね」

おかえり、と、あっくんの家に着いたときにもそう言われたことを思い出した。

そうか、どっちも、ぼくの帰る場所だからだ。

ぼくの家族の形はいびつだけど、みんながそれぞれの場所で、ぼくのことを待ってくれている。

こんな家族じゃなかったら、ぼくはあっくんに出会うことすらなかっただろう。奇跡のような出会いに、今なら、感謝できる。

「ただいま。お母さん、叔母さん」

6

長らく停滞していた秋雨前線は、秋の終わりと同時に日本を離れた。雨が降らなくなったのはいいけれど、最近は寒い日が多い。本格的な冬が目前に迫っている。

部活に行こうとカバンを肩にかけたとき、前の席の拓実くんが、何かを思い出したように「そうだ」と声を上げた。

「瞬、明日俺の家来なよ。夜ご飯、コロッケだって」

家に誘ってもらえたのは嬉しかったけど、夜ご飯がコロッケであることがぼくを呼ぶ理由になるのはよくわからなかった。

首をかしげるぼくを見て、拓実くんは笑って答える。

「この前うちで雨宿りしたとき、瞬、『コロッケおいしい』って言っただろ。だから、また食べてほしいんだって。うちの親が」

「そうなの?」

本当においしかったからそう言っただけなのに。

戸惑うぼくを見て、拓実くんは慌てて言う。

「あ、もちろん無理には来なくていいよ。もしよかったらってだけだから」

「ううん、行きたい」

拓実くんの家のコロッケが食べたかったし、弟たちにも会いたかった。

ぼくの返事に満足したように、拓実くんはさわやかな笑顔を浮かべた。

「よし、きっと気合い入れてたくさん作ると思うから、好きなだけ食べなよ」

拓実くんの、普通で幸せそうな家庭を、また羨ましく思うかもしれない。だけど、今のぼくは知っている。ぼくの家族だって、普通じゃないかもしれないけれど、充分幸せだ。

寂しがりなうちのお母さんには、一晩だけ我慢してもらおう。ぼくはちゃんと帰るから。

陸上部の練習に向かう拓実くんと別れ、ぼくは美術室へと歩を進める。

廊下を歩きながら、三連休明けから描き続けている絵を思い浮かべた。もうすぐ完成するはずだ。その瞬間のことを考えたら、一時はやめようかと思っていた美術部での部活の時間が、楽しみになっていた。

赤い水彩絵の具に少しの黄色を混ぜ、納得のいく色になったところで、水を足して微調整する。筆に絵の具を染みこませ、画用紙に広げた。前回塗った色より少し濃いかもしれない。だけど色ムラは毎日のことなので、今更あまり気にしないことにしている。グラデーションだと言い張れば、そう見えなくもない。

一枚の画用紙を、夕焼け色で塗り尽くす。たったそれだけのために、何日も部活の時間を費やした。本当は、同じ色で一面を塗るなら、新たに色を作り直す必要がないうちに塗り終えてしまったほうが綺麗に塗れる。ぼくは塗るのが下手な上に遅いから、何日もかかってしまった。でも、これでいい。

絵が下手なぼくにできるのは、夕焼け色で画用紙をひたすら埋めることくらいだ。塗り絵のような絵。でも、今までで一番の自信作になりそうだ。

もう秋はほとんど終わってしまったけれど、ぼくの秋は、一枚の画用紙の中に留まって、むしろ日に日に秋らしさを増していた。

夕焼け色を塗り重ねている間、ぼくの頭の中には、あの日の夕空が広がる。あっくんに連れて行ってもらった、堤防から見た夕焼け。

茜色って、多分こういう色のことだ。あっくんは、こんな色をした空の日に生まれたのかもしれない。そんな大切な色を、ゆっくり、丁寧に、塗り広げた。

本作品は当文庫のための書き下ろしです。

本作品はフィクションであり、実在の個人・団体などとは一切関係がありません。

文芸社文庫NEO

あかね色の空に夢をみる

二〇一九年一月十五日　初版第一刷発行
二〇二〇年十一月十五日　初版第二刷発行

著　者　吉川結衣
発行者　瓜谷綱延
発行所　株式会社　文芸社
〒一六〇－〇〇二二
東京都新宿区新宿一－一〇－一
電話　〇三－五三六九－三〇六〇（代表）
〇三－五三六九－二二九九（販売）
印刷所　株式会社暁印刷

ISBN978-4-286-20010-1

［文芸社文庫ＮＥＯ　既刊本］

吉川結衣

放送室はタイムマシンにならない

円佳の通う高校の放送部には「タイムトラベルができる」という伝説がある。過去にこの学校で何があったのか——。高校生として第1回文芸社文庫NEO小説大賞に輝いた若き作家の受賞第一作。

北川ミチル

バタフライは笑わない

有望な競泳選手だった夏子は、高校生になっていじめにあい、引きこもる。ある日、小学校時代の同級生に偶然再会して…。憎しみと友情を描いた第2回文芸社文庫NEO小説大賞大賞受賞作。

新馬場新

月曜日が、死んだ。

ある朝、カレンダーから月曜日が消えていた。薄れていく記憶、おかしな宗教団体、元カノの存在。月曜日の悲しみに気づき、元の世界を取り戻せるのか。第3回文芸社文庫NEO小説大賞大賞受賞作。

あまひらあすか

終末世界はふたりきり

人類が〝ほぼ滅亡〟してからX日。ただ一人生き残った人間・ネクロマンサーは、ゾンビのユメコと楽しく快適に暮らしていた。死霊術師とゾンビ少女のほのぼのポストアポカリプスファンタジー！

［文芸社文庫ＮＥＯ　既刊本］

小坂流加

余命10年

数万人に一人という不治の病に侵された20歳の茉莉は余命が10年であることを知る。もう恋はしないと心に決めたのだが…。本書の編集直後に39歳で急逝した作者による、せつないラブストーリー。

小坂流加

生きてさえいれば

入院中の叔母の病室から「出されなかった手紙」を見つけた甥の千景は、叔母が青春時代に思いを寄せていた男性の存在を知る。39歳で急逝した『余命10年』の作者が本当に伝えたかった感動の遺作。

佐木呉羽

神様とゆびきり

幼い頃から神様が見える真那は、神様に守られながら成長した。高校一のイケメンから告白されたことで、女子たちから恨みを買う。すると体に異変が…。時を超えたご縁を描く恋愛ファンタジー。

田家みゆき

シャルール　～土曜日だけ開くレストラン～

結婚前夜の父娘、亡夫との思い出の一皿を探す老婦人など、様々な人が訪れるフレンチレストラン「シャルール」。極上の料理とワインと共に紡がれる奇跡の物語は、魔法のようにあなたを癒します。